Shirou Yayoi
弥生志郎
Illustratio
Hit

※疼愛妹妹是編輯的第一要務。

Showing Love to My Little Sister is an Important Task.

Kadokawa Fantastic Novels

彩頁、內頁插畫／Hiten

※疼愛妹妹是編輯的第一要務。

Shirou Yayoi
弥生志郎

Illustration
Hiten

Kadokawa Fantastic Novels

「喂？平時受您關照了。
關於原稿的進度——」
巳月紘
輕小說編輯。
「……霧島老師真厲害耶。」
巳月唯唯羽
紘的妹妹，同時
也是輕小說作家
唯唯羽尋。

「…………哼。」
霧島禮彌
紘負責的輕小說作家。

「兩……兩星期後嗎！
呃……呃……！」
千千石芹奈
比紘晚進公司的輕小說編輯。
若葉
插畫家。
「嗯～真好吃♪」

「老師，這點子太棒啦～！」
賀內亮二
紘的輕小說編輯同事。
七節裕義
平面設計師。
「唔……」

「噯……我說！可以了吧？妳差不多該放手了啦！」

「好軟……原來胸部是這種觸感呀。」
「……」

CONTENTS……

序章 011

第一章 017
017 巳月兄妹的平凡日常
033 美少女作家來了
054 暢銷作家和蹩腳作家
072 如果是和哥哥一起，我願到天涯海角

第二章 085
085 編輯的工作！
087 由於那名男子是設計師
097 編輯不可或缺的事物

第三章 114
114 就連大名鼎鼎的夏目漱石也曾守不住截稿日
122 腥風血雨的前兆
131 有作家存在的風景
148 唯有小說
165 或許就像薩里耶利一樣

第四章 170
170 關於新人編輯T和老手插畫家W
185 兩名少女、兩名作家
196 裸裎相對
206 會議漫舞
211 試煉及風波
221 為誰而戰
227 深夜時分的討論
234 身為編輯的證明

第五章 248
248 來做一本輕小說吧！
263 勁敵
276 由於身為編輯

第六章 286
286 作家與編輯終將前往戰場
300 來自世外桃源的彼端
310 一個答案

終章 320

Showing Love to My Little Sister is an Important Task.

序章

淚水從眼底滿溢而出，使他相當難以閱讀小說。

嘴巴流瀉出不成話語的喘息聲，眼角帶著熱意。雖然胸口像是被勒緊似的發疼，那份感覺卻很不可思議地令人舒暢。明明是這麼地讓人窒息，他的內心卻吶喊著好想繼續沉浸在這份感動裡。

他捫心自問：居然會有這種事情嗎？

他——巳月紘，有生以來初次為新人獎的投稿作品落淚了。

巳月紘是一名輕小說編輯。

他的年齡是二十三歲，今年是他進公司第三年。

他在這個業界裡算是比較年輕，不過這並不是他第一次擔任新人獎評選。他在短大時期就有做過新人獎審稿的打工，那時一年大概要看六百部左右的作品。

論投稿作品的閱讀量，他並不會輸給其他編輯。這是紘心中一個不為人知的自負。

……或許正是因為如此吧。

「……嗚……啊……！」

如今他在杳無人煙的深夜編輯部裡哽咽落淚的這個狀況，令紘本人不敢置信。

剛開始他明明不屑一顧，覺得只是平凡的青春小說啊。

以通過了第三次評審的作品而言，這部作品意外地顯得「圓滑」。裡頭毫無令人耳目一新的巧思，就只是少年與少女（Boy Meets Girl）交織而成的故事。剛開始讀的時候紘感到大失所望，認為這部平庸的小說甚至有股既視感。

真是的，讓人不禁發笑。

如今——他已經徹底成為這部小說的俘虜了。

回過神來，手上這部小說擄獲了自己的心。樸實無華的真誠故事、少年與少女令人椎心的內心世界，更重要的是魔法般的文章深深吸引著紘。

故事最後迎向了高潮——現在的紘是淚眼汪汪地在讀著它。

少年與少女的故事馬上就要邁向尾聲了。

紘的心中有著「拜託不要結束」的心情。

同時卻也希望「讓我讀到結局」。

兩種想法交雜之下，紘翻閱著終章。不顧沿著臉頰流下的兩行清淚，將一字一句銘刻在心——最後一句話深深烙印在紘的視網膜上。

ＦＩＮ。

故事結束了。

頓時，紘將全身的重量靠在椅背上。他以失魂落魄的表情仰望著天花板，眼中卻並未映照著任何事物，僅是內心有股無處發洩的靜謐激情。這段時間令他感到幸福無比。

過了好一陣子之後，話語才喃喃地脫口而出。

「──真厲害。」

明明情感在心中躁動，他卻只說得出如此單純的詞彙。

然而，就連紘也不明白，這句話當中究竟蘊含了多少意義。他有千言萬語想獻給這部投稿作品，卻沒有一句話成形──儘管如此，紘的內心清楚地萌生了一個想法。

我想和這個人一同創作輕小說。

一思及此的瞬間，紘便倏地伸手拿取報名表。

老實說，他對這名作者一無所知。為了避免帶有先入為主的觀念，他刻意跳過不看。因此不論是作者的本名、筆名、性別或經歷，他全無所聞。

究竟是什麼樣的人，寫出了這等曠世無匹的小說呢？紘帶著雀躍的心情看向報名表。上頭最先記載的是姓名──

巳月唯唯羽。

一看到這個名字，紘便受到了甚至令他忘記呼吸的衝擊。

「……什麼？」

一瞬間措手不及，紘連忙繼續看了下去。出生年月日、筆名、作品標題、電話號碼、居住地址……每當瀏覽這些資訊，紘的懷疑便慢慢轉變為堅信。

臨門一腳則是最後的問卷項目。

Ｑ１：您是在什麼樣的媒體上獲得報名資訊的？

這道提問並非必填項目，直接忽略也不成問題。

然而這名作者卻規規矩矩地寫下了這樣的答案：

在編輯部上班的哥哥，告訴我這個新人獎的事情。

這個人……寫下了這部撼動自己心弦的小說之人——

是紘的親妹妹。

◇

之後過了一年又數個月的時間——

巳月紘

Mizuki Hiro

年齡：24歲

身高：174cm

興趣：觀賞電影、工作、
和妹妹身處同一個空間

絕活：長時間閱讀小說

喜歡的事物：唯唯羽做的菜、
日日夜夜和目不可視之物
奮戰不懈的所有創作者

不喜歡的事物：放長假

主要負責作家：
唯唯羽尋、霧島禮禰
八柳琉太、etc……

進公司第四年的WF文庫J輕小說編輯。為人鮮少將情感表露在外，看似個性淡泊，但在不苟言笑的表情深處卻默默燃燒著對工作的熱情。只不過由於年輕的關係，時常做出近乎失控的迷途行徑，此為美中不足之處。
因家庭狀況之故，自小便和唯唯羽分開生活，不過六年後的現在已經同住了。對戀妹癖沒有自覺。

Showing Love to My Little Sister
is an Important Task.

巳月唯唯羽

Mizuki Iiba

年齡：16歲

身高：152cm
三圍74、54、78

興趣：讀書、發呆
和哥哥在一起

絕活：無論在多麼吵鬧的地方
都看得下書

喜歡的事物：被紘稱讚、
自己的讀者、
寫完小說之後的激昂感

不喜歡的事物：看似輕浮的男人

紘的妹妹，同時也是他負責的作家。於國二時以《在我和妳之間》榮獲WF文庫J輕小說新人獎最優秀獎，自此成了輕小說作家。
筆名為「唯唯羽尋」。擅長類型是「感動系青春小說」。以壓倒性才能編織而成的文章撼動著人們的心房，在文筆這點上擁有過人天賦。基本上對戀兄癖抱有自覺。現在是就讀公立高中一年級的學生。

Showing Love to My Little Sister
is an Important Task.

第一章

▽　巳月兄妹的平凡日常

嗚嗚，頭好暈啊。是說，這裡是哪裡？

總覺得這座城鎮格外有中世紀風情耶。好炫喔，有人佩掛著劍大剌剌地走在街上。

等等、等等，先來冷靜一下吧。沒有記錯的話，在昏倒之前，我……對了，記得我是被**卡車**給輾過了？這麼一來，我該不會是被傳送到異世界了吧？

仔細一看，我的年紀變得跟高中生差不多了耶。明明死前是個**中年大叔**呢！這當真是轉生到異世界啦！太棒了！

呀呼————————！呀哈————————！

既然確定了，那我從今天起就是冒險者啦！立刻動身朝公會去吧！

「歡迎光臨。您今天要辦理的事項為何呢？」

我走進一棟看似公會的建築物，櫃檯小姐便朝我嫣然微笑。

「啊，不好意思。這裡可以進行冒險者登錄嗎？」

「是的。那麼請您在這張紙上——」

「喂喂喂，閃邊啦小鬼！你在我行我素些什麼啊！」

啊啊？這個粗獷大叔是怎樣？怎麼自顧自地出言打岔啊？

「你是頭一次到這個公會來喔？那我來告訴你規矩……可以向這個公會小姐攀談的人，就只有本大爺啦！」

啪！我的臉上挨揍了……呃，奇怪？完全不會痛耶。

這該不會是……在異世界轉移的影響之下，我變得亂強一把了？

既然如此，我要採取的行動就只有一個——我卯足全力詠唱浮現在腦中的魔法。

「誓約勝利之劍（Excalibur）——！」

轟轟————————！！！

唔哇，建築物被轟得半毀，大叔也屍骨無存了。算了，無妨☆

喔，重要的是櫃檯小姐是否平安無事……奇怪，這是怎麼回事？櫃檯小姐用一副心神蕩漾的眼神看著我耶。

「……征服我。」

太爽啦！

哎呀，轉生之後不但返老還童又變得超強，還讓公會小姐瞬間迷上我，總覺得愈來愈有意思了耶。

我的異世界生活就要展開啦！

「……………………………………」

夜深人靜之時，紘在自家公寓的房間裡邊按捺著想要慘叫的衝動，邊看向原稿。

紘拿著原稿的手震顫不已，這也是無可奈何的。

畢竟巳月紘是一名輕小說編輯。

他年方二十四歲，而由於現在是四月上旬，他在公司的資歷已滿四年了……換言之，紘為了工作，必須給這等混亂的小說提出建議。

「……嗳，哥哥。我的小說如何呢？」

聽聞少女清澄的嗓音，紘抬起了頭來。

映入紘眼中的，是個隔著桌子和他相對而坐，大約是高中生年紀的女孩子。

若要舉出第一印象，就是一名文靜的少女。

無論是表情、容貌、舉止，全都很溫文婉約。臉上不帶表情的稚氣模樣很惹人憐愛，一頭及肩的柔順長髮、水汪汪的大眼睛以及柔嫩的臉頰，皆襯托出她甚至帶有夢幻氣息的嬌媚氛圍。

這名少女有如精雕細琢的機械人偶（Automata）……倘若紘是作家的話，說不定會做出這種比喻。

不，話說回來，究竟有誰想像得到呢？

這麼無厘頭的小說，就是由她——巳月唯唯羽所寫出來的。

「……嗯，這個嘛。」

紘傷腦筋地將手抵在嘴角。

「我想說的事情跟山一樣多……不過唯唯羽，妳寫起來感覺怎麼樣？」

「……呃，老實說——」

唯唯羽保持著澄澈表情開口。

「我很有自信，覺得這是我的顛峰之作。」

咚！紘板著臉，猛力將頭撞在桌子上。

「……這樣啊，顛峰之作是嗎？」

「哥哥你覺得呢？……告訴我關於小說的感想吧。」

「…………首先，我得告訴妳。」

紘將額頭移開桌面。

「透過這種形式讓我看小說，可不是什麼值得稱讚的事喔。妳都還沒通過企畫呢。」

沒錯，唯唯羽給紘看的作品，在業界裡是違反行規的。

原則上，作家和編輯對小說內容的具體印象得要達成共識，才比較容易創造出作品。為此，作家必須提交整合了作品類型、角色、故事等，像是設計圖一樣的企畫書。

然而，由於唯唯羽實在太想寫小說，就忽然把原稿拿過來了。

紘的這番話，令唯唯羽垂頭喪氣。

「……果然是這樣呢。」

「不，我是無所謂啦。我也想看看妳的小說會是什麼樣的內容。只不過，面對其他編輯的時候最好別這樣。」

紘出聲安慰著唯唯羽……但他依舊板著一張臉。紘原本就不擅長將情感表露在臉上，無論喜怒哀樂幾乎都是掛著這張表情。

「先不說那個，關於這部小說，我有幾件事情想問。」

「嗯，好呀。如果是哥哥，不管是什麼樣的問題我都會回答。」

唯唯羽的表情略微繃緊了起來。其細微的程度，若非兄妹便無從辨別。

「首先是主角……妳不覺得有點怪怪的嗎？」

「……什麼意思？」

「呃，一般轉生到異世界不會欣喜若狂成這樣吧？我認為應該要有更多不知所措的描寫才對。」

「不知所措嗎……那麼，寫成『我轉生到異世界來了——————？』這樣就好嗎？」

「不是那個意思。為什麼妳筆下的中年大叔會如此無謂地亢奮呢？撇下讀者不管的感覺非常強烈喔。」

「我想說主角有精神，會讓作品比較開朗……」

「我覺得這已經遠遠超越有精神的等級了……」

紘抽搐著太陽穴，說：

「還有這個『轟轟——————！！！！』，不要這樣寫比較好。我腦中一點也浮現不出情景。」

「那是指主角從雙手放出了能燃燒一切物體的光砲，摧毀了公會建築的段落嗎？」

「傳達不了。光是寫『轟轟』完全無法傳達給讀者知道。既然有這樣的意象，幹麼不寫出來呢？」

「我有意識到要讓文章好讀。」

「那也有個限度吧……還有這個。這是我最想提出來的地方。」

儘管紘乍看之下面無表情，但其實相當火上心頭吧。他拿著原稿的手不住顫抖著。

「再怎麼說『誓約勝利之劍』也太糟糕了吧。」

「…………？」

「為什麼不懂，妳為什麼不明白啊，唯唯羽？這很明顯是抄襲吧。而且還是讀者看了會『唔哇……』一聲退避三舍的惡質剽竊。」

「可是，我沒有取帥氣名稱的天分……」

這已經算是一種怠忽職守了吧，妳可是個作家耶——就在這次當真要大喊出聲之際，怒氣從紘的全身上下消散而去。

這是因為，唯唯羽面帶悲傷的表情低下了頭。

「我自認有用自己的方式在努力了……果然……不行嗎？」

「……寫不慣也是無可厚非的。畢竟異世界奇幻故事對妳來說是初次挑戰的題材。」

為使腦袋冷靜下來，紘嘆了口氣。

「從這部小說裡我也可以感受到，妳有對暢銷作品下過工夫。問題在於，妳的小說有點太過無厘頭了。」

「真有那麼奇怪嗎？我有用粗體字強調異世界轉生和尼特族之類的詞彙，原本想說這麼一來肯定會大熱賣才是……」

「妳對異世界奇幻故事的偏見我難以苟同……但我知道了。我們就一步步來解決吧。」

「……嗯。拜託你了，哥哥。」

「方才我也說過，我覺得這主角的個性，不太容易讓讀者將感情投射到他身上。我不會否定對於異世界轉移感到喜悅一事，不過首先得言簡意賅地向讀者說明主角所發生的狀況，然後再——」

紘開口闡述，唯唯羽頷首同意。巳月兄妹的工作毫無窒礙地進行著。

身為輕小說作家的妹妹和編輯哥哥的日常光景，就在這兒。

紘和唯唯羽所住的是一棟位於東京都內的公寓，格局為兩房兩廳一廚。距離最近的車站走路要十分鐘，屋齡則是三十餘年，租金要價十一萬三千日圓是也。

而今，身為戶長的紘，正靠坐在起居室中那張平時喜愛的和室椅上。

現在的時刻已經過了午夜十二點。雖說對方是推心置腹的妹妹，但以編輯身分在公司工作了一天之後，還得在自己家跟作者進行討論，實在很辛苦。

紘疲倦地仰望天花板……而後忽地說出唯唯羽先前的那番話。

「……我自認有用自己的方式在努力了……嗎？」

實際上唯唯羽也很拚命吧。亦可稱之為焦急。

因為她連一本稱得上暢銷書的作品都沒有。

——自從和唯唯羽的投稿作品邂逅，已過了一年又數個月的時間。

唯唯羽的小說留到了最終評選的階段，後來漂亮地摘下了最優秀獎。她在紘底下以作家的身分出道，而她的小說——《在我和妳之間》則以單本完結的形式順利上市了。

那時的紘，當真相信世界會有所改變。

他對唯唯羽的出道作就是如此充滿信心。

結果——世上雖然沒有什麼特別的變化，不過紘感到大致滿意。投稿到亞馬遜的評論只要四捨五入，平均評價就是五顆星。也有許多個人網站對《在我和妳之間》讚不絕口。

儘管如此，紘仍然對兩件事情感到惋惜。

第一個是唯唯羽的新作推出那年，《我想看輕小說！》這本輕小說情報誌並未發行。假使它順利問世，搞不好唯唯羽的作品就會名列在該雜誌的重點單元——人氣排行榜上了。一思及此，紘便深感遺憾。

另一件事情是，《在我和妳之間》的銷量不甚理想，因此未能再版。

不過，唯唯羽的小說確實撼動了讀者的內心。下次絕對會做出一番成績。

……事情八成是在這時開始亂了套吧——紘如此分析。距離出道作半年後，蓄勢待發的唯唯羽以系列作形式推出的第二部作品——

其銷量慘到讓人忍不住發笑。

不，其實一丁點都笑不出來就是。

第二部作品獲得了尚可的評價，但讀者的數量絕望般的稀少。輕小說最容易獲得讀者青睞的機會原本是在發售當天，可是就連那天的ＰＯＳ（銷量）排行榜都不見此作的蹤影。

得到這樣的結果後，紘對唯唯羽說出一句好似判了死刑的話語。

也就是一本腰斬。

對作家和編輯而言，沒有比這還要令人抱憾的事情。感覺就像是被某個不知名的陌生人宣告「你們的小說連付錢購買的價值都沒有」一樣。

因此紘和唯唯羽決定，這次一定要創造出一本能夠讓諸多讀者願意閱讀的作品，於是他們倆正以第三作為目標構築著企畫。但……

「這實在沒辦法出書吧。」

紘將視線投向桌上的原稿。就他來看自己只是稍稍蹙了個眉頭，可是由於紘天生長著一張撲克臉，導致他簡直像是在瞪著弒親仇人一樣。

「——哥哥。」

紘的背後傳來一道令人聯想到玻璃工藝品的纖細嗓音。

回頭一看，唯唯羽在那兒反省似的緊握著雙手。

「……對不起喔，我寫不出哥哥看了會高興的小說。明明是我任性地要求哥哥讀我的小說……」

「……唯唯羽。」

可能是感到非常後悔吧，唯唯羽不敢和紘正眼相對。那副楚楚可憐的模樣，令紘看了內心一陣絞痛。

除了——唯唯羽身上只穿著內衣褲這個狀況以外。

然而紘完全不介意，溫柔地對唯唯羽開口道：

「沒關係啦。要是一開始就寫得出完美無缺的小說，編輯就無用武之地了。盡可能讓作家的小說有所提升是我的宿願。為此，我們再討論一次吧。」

唯唯羽點點頭回應後，隔著桌子坐在紘的正前方（以穿著內衣褲的模樣）。

慎重起見先聲明，紘並沒有慘無人道地強迫她「在我面前妳要隨時露出肌膚來」，或是唯唯羽對哥哥起心動念了。絕對不是這樣。

唯唯羽之所以會只穿著內衣褲，是因為方才她和紘討論結束後跑去洗澡了。而她並未穿上睡衣，恐怕是在冷卻泡得熱烘烘的身體吧。

那麼，說到為何這兩人都對此毫無反應……只能說這便是巳月兄妹的日常。對這兩個懂事前便相處在一塊兒的人而言，就連萌生羞恥心的餘地都沒有。

「……記得是妳開口說想寫異世界奇幻故事的，對吧。」

唯唯羽聚精會神地（穿著內衣褲）傾聽紘的話語。從她的表情當中窺探不出情緒，紘無法推估唯唯羽心中的想法。

「我想，異世界奇幻故事對妳來說果然還是很困難。」

（身穿內衣褲的）唯唯羽嚇得肩膀一顫。

「我的意思並不是完全沒有可能性。只是，就我剛剛讀的小說來看，感覺妳太過意識到流行而迷失了自己的風格。最起碼轉換到一個不勉強自己的路線，比方像是青春戀愛喜劇之類的，我覺得對妳比較好。」

「…………」（做著內衣褲打扮）

「坦白說——搞不好只是我想看妳寫的青春故事啦。」

那天和唯唯羽的投稿作品相遇的衝擊，鮮明強烈地烙印在紘的記憶裡。

他希望唯唯羽再次寫出令人肝腸寸斷的小說。這是紘的真心話。

「……我——」

唯唯羽低聲卻堅定地開口說道：

「想寫異世界奇幻故事。就算像先前一樣寫出了忽視流行的小說，說不定又會再度腰斬……我不想再嘗到那樣的辛酸了。」

為什麼唯唯羽會執著於異世界奇幻故事呢？到頭來答案就在這兒。

只要輕小說還是商品，銷量便會受到流行大幅左右。要持續受到歡迎，其絕對條件自然是作品本身讓讀者印象深刻。然而，倘若一開始讀者不願意伸手翻閱，那就連受到評論的機會都沒有了。為了盡量讓更多人閱讀到，可不能輕忽流行這個要素。

正因如此，唯唯羽才會挑戰在現今的輕小說市場中備受矚目的異世界奇幻領域。

……只不過，不能否認紘對唯唯羽的答案感到灰心。

「我想在輕小說的世界大放異彩，因為我希望盡量將腦中的故事和角色描寫下去……還有，最重要的是——」

唯唯羽筆直地凝視著紘的雙眼。

接著毫不猶豫或害羞地斷言道：

「照這樣下去，哥哥有可能不再會是我的責編……我一定要哥哥當我的編輯才行。」

「——！」

這個瞬間紘的臉上竄過一陣動搖，至今的撲克臉像是騙人的一樣。

編輯並不會永遠和相同作家一起工作。比方說，當該名作家難以嶄露頭角時，也會在上司的判斷下更換責編。

這點即使是紘和唯唯羽也不例外……換言之——

唯唯羽是為了和紘一起製作小說下去，才會想寫出暢銷作品。

「今後我想要一直和哥哥一同創作小說。只要能保護這個夢想，要我做什麼都行。」

「……這……這樣啊。」

說到紘這時的內心糾葛，真是筆墨難以形容。他希望唯唯羽撰寫青春故事……但不想將唯唯羽讓給其他編輯的情緒更勝其上。

這是因為——唯唯羽是紘唯一的家人。

剛滿十六歲的唯唯羽，是在不久的一個月前成為這棟房子的住戶。也就是春天到來的三月初的事情。在那之前，紘和唯唯羽度過了六年骨肉離散的光陰。

這是一段紘完全不願回想的記憶。因為他們在無關乎自己意願的狀況下，被迫分居。

紘在遠離寶貝妹妹的這塊土地上度過了高中三年的青春時代，並以編輯的身分任職於出版社，最後成了唯唯羽的責編……直至今日。他好不容易實現了親自陪伴在唯唯羽身旁的心願，而且還一同創作輕小說。

所以——紘希望憑自己的力量，讓唯唯羽成為一個功成名就的作家。

哪怕是痴人說夢，這也是紘毫無半分虛假的夢想。

「……唯唯羽，妳想寫異世界奇幻故事嗎？」

唯唯羽點了點頭，紘目不轉睛地凝望她的雙眸……而後吐了口氣。

回想起來，她從以前就是這樣。

儘管覺得不好──紘就是忍不住會寵唯唯羽。

「這個嘛……那就再繼續一下看看吧。」

「……嗯。我們一起加油吧，哥哥。」

唯唯羽露出了她竭盡全力，只會展現給紘看的笑容。

紘沉浸在幸福的情緒中，眺望著那張笑顏。這時──

「所以呀，可以拜託哥哥讓我做『平時的那個』嗎？」

「明天要上課吧？時間也很晚了，這樣好嗎？」

「再一個小時就好。我想再稍微工作一下。」

語畢，唯唯羽打開了桌上的筆電，並在桌面新增了一個名為「企畫」的文字檔。

「求求你，哥哥。」

「……真拿妳沒辦法耶。」

紘盤腿坐在桌子前──而後唯唯羽彷彿像是戀人般坐在他身上。

唯唯羽就這麼開始利用電腦撰寫企畫書。

再強調一次，她穿著內衣褲。

這是唯唯羽中意的執筆方式，坐在哥哥的大腿上思考原稿或企畫。據她本人表示，這樣能比正常的作業方式更專心。

那麼，說到這段期間紘會做什麼——他什麼也不會做。就僅是感覺著妹妹的體溫，度過一段至高無上的幸福時刻。

譬如說，被亂七八糟的進度影響，搞得身心疲勞困頓的時候。

又比方說，睡眠不足的日子不斷持續，內心抱持著「我為什麼要工作到這種地步」此一疑問的時候。

光是感受著唯唯羽的溫度，紘便有受到救贖的感覺。

完全不誇大——紘深切地覺得，自己是託了唯唯羽的福才活著的。

「……噯，哥哥。我有辦法永遠當你的旗下作家嗎？」

「……那是當然。我也想一直和妳創作輕小說下去。假設下一部作品也賣不好——」

紘若無其事地喃喃說道。

「我們就再從頭來過一次吧。」

「……嗯，說得也是。」

唯唯羽正經八百地面對著電腦。凝望著她的側臉，紘在心中低聲呢喃：

只要是為了唯唯羽，我願意為她做任何事。不論是以哥哥或編輯的身分都一樣。

▽　美少女作家來了

地點位於東京都內某棟辦公大樓的一室。

在那個長約兩座高中教室的空間裡，人概有十名做便服打扮的大人各自埋首在業務裡。有的人在和電腦大眼瞪小眼，有的人在打電話，有的人則是看著漫畫放聲大笑。

那塊區域的門牌上頭這麼寫著：

WF（Wonder Factory）文庫J——通稱驚奇文庫。

那就是紘工作的編輯部名稱。

午後的編輯部，紘頂著一如往常的撲克臉看向原稿。

紘目前正在進行的業務，是確認旗下作家的原稿。這是編輯最為勞心傷神的工作項目之一，主要是為了改善小說內容而統整自己的意見。上至請作家大幅變更作品設定這種重要的事，下至稍微修改文章這類枝微末節之事，內容涉及許多方面。

而紘現在所煩惱的是瑣事。這名作者以「屁股」描述女孩子的臀部，但紘極其正經地在思考「寫成『小屁屁』是不是比較可愛呢」這種對常人來說無謂到極點的問題。

不久後，紘以紅筆補充上這句話：「用『小屁屁』來描寫說不定比較萌。」

「……好。」

紘低聲喃喃為自己鼓起幹勁，之後為了下一件工作而確認起手錶。

「啊，前輩。辛苦了。」

聽聞背後傳來一道稚嫩的聲音，紘轉頭望去。

在他眼前的，是一名感覺和編輯部不太相襯的嬌嫩少女。

她的身高未滿一百五十公分，踮起腳尖才總算到紘胸口的高度。可愛的圓臉稚氣未脫，大大的杏眼很惹人憐愛。這副模樣無論由誰來看，一定都會認為她是個女高中生。

不過這是徹頭徹尾的誤解。

她——千千石芹奈去年才進公司，是個不折不扣的編輯。

面對老樣子板著臉回應「嗯，辛苦了」的紘，千千石像是回想起來似的說：

「啊，對了。巳月前輩，你現在有空嗎？」

「嗯？喔，一下子還可以……怎麼了？」

「其實呀，我有東西想請你看看。」

千千石打開桌上的電腦，給紘看一張美少女插畫。

看到這個熟悉的畫風，紘將手抵著下頷。

「這張插畫是法老老師畫的對吧。去年我有和他一起工作過。」

「就是呀！所以我才想找巳月前輩商量。我想說這次要不要拜託法老老師來畫。」

「有何不可呢？反正他有輕小說的經驗，委託交涉也會很順利吧。而且最重要的是他筆下的女孩子非常可愛。我認為有挑戰的價值。」

「真的嗎？那我就去跟他開口嘍。」

「法老老師若是接下了案子，妳再告訴我一聲。我把他老家的地址給妳。當他拖過了截稿日的時候，多半會逃到故鄉四國去。」

「……嗯嗯？」

千千石面帶微笑，不解地偏過頭去。

「那個……你說拖過截稿日是什麼意思呢？」

「就是字面上的意思啊。法老老師就是不會遵守交稿時間。」

紘瞭望著遠方，好似在緬懷過去一樣。

「當他一張插畫也沒完成的時候，我可是抱著一死的覺悟。儘管知道會被無視，我仍然不斷不斷不斷不斷地打電話過去，然後向印刷廠和營業人員們拚命道歉，熬了一整晚之後一大早搭新幹線到四國去——那次真是慘烈無比呢，哈哈哈。」

這段回憶令紘想忘也忘不掉。法老陷入了精神錯亂，嚷嚷著：「畫不出來的東西我也沒辦法啊，宰了你喔！」即使如此也不肯罷休的紘搞到對方差點報警，但他還是讓人家哭著畫出來了。

「那個……前輩，法老老師會拖稿對吧？然而，你剛剛是不是說『有挑戰的價值』？」

「……有什麼不對嗎？」

紘維持著冷漠的表情說：

「如果妳想做事的話，那麼拜託他絕對是最好的選擇。管他是拖稿還是畫不出來，『只要我們拿出誠意請他畫』就好。雖然這對身心都是種煎熬，不過這是為了盡可能打造出一部好作品。」

「……原……原來如此。」

聽到紘一副理所當然似的說著，千千石的額頭流下一道冷汗。

「不好意思，我還是去拜託別人看看好了……」

「這樣嗎？法老老師的插畫真的很棒耶。」

說完，紘確認起手錶。

「既然妳那麼說，我不會強人所難……那就之後再聊嘍。」

「咦，前輩你要上哪兒去呢？」

「喔，我要去一趟會議室。接著要和旗下作家討論……大概是。」

「咦，你怎麼不太有自信的樣子呢？」

「呃，因為這次並不是純粹的會談……」

紘拿起桌上的茶色信封，離開了編輯部。

在那之前，千千石對他揮揮手，跟他說了聲：「請你加油喔～！」讓紘內心感到酸酸甜

甜的情緒。這是因為，被長相稚嫩的她打氣，會令紘回想起學生時期的自己。

基本上，作家僅會配一位責任編輯，但是編輯底下會有好幾個負責的作家。其數量因人而異，不過可以視為約略有十個人左右。

而紘現在所待的會議室當中，很巧地就有兩名他所負責的作家。

「哎呀~話說回來！竟然能像這樣和霧島小姐談話，真令人感激！」

坐在紘身旁的青年，略顯亢奮地對眼前的少女喋喋不休。

他的名字——應該說筆名是叫八柳琉太。他今年二十五歲，已經出道三年了。

紘維持著撲克臉坐在位子上，一旁的八柳漲紅著臉說：

「我一輩子都不會忘記今天這個日子！能夠見到霧島小姐，我真幸福！因……因為，我還是……第……第第第第一次遇見這麼漂亮的輕小說作家嘛！」

「——呵呵，謝謝您。」

這道柔美的嗓音令人聯想到天使的羽毛。

坐在紘他們正前方的少女，有如花兒綻放般淺淺一笑。

她是個絕世美少女。儘管還殘留著符合十七歲這個年紀的稚氣，面容卻散發著嫻靜高雅的格調。一頭及腰長髮光澤動人，反射著從窗戶灑落進來的陽光。大和撫子——這名標緻的少女讓人腦中自然浮現出這樣的話語。

她亦為紘旗下負責的一名作家——霧島禮爾。

「我才覺得很榮幸見到八柳老師。我也有看您的作品。我才在想有朝一日一定要見您一面，您就發出一個我求之不得的邀約……真是令我感到惶恐。」

「哪……哪兒的話……！別說這種恭維話了啦！」

儘管這麼說，八柳依然笑得合不攏嘴。

這也難怪。八柳就是為了想見禮爾，才請紘安排了這個場子。

輕小說業界中的作家男女比例嚴重失衡，更何況還是十來歲的少女。在驚奇文庫當中，就只有唯唯羽尋和霧島禮爾這兩位而已。

這兩人是「非比尋常的美少女」這個傳聞，在業界裡傳得煞有其事。得知禮爾是紘旗下作家的八柳對他哭訴：「你太奸詐了啦，巳月先生！」最後還不惜跪地磕頭，懇求紘讓他們見上一面。

於是紘在跟禮爾確認後接受了八柳的請託，讓他們在開會之際稍稍打個照面。

「居然說恭維……我可是真心覺得喔。」

禮爾不改臉上的溫柔微笑說：

「老師的風評我時有耳聞。據聞您所寫的小說，皆充滿了無人能望其項背的獨創性。」

「咦？……嗯……嗯，是啊。」

八柳忽然繃緊了表情，像是哪裡來的文豪一樣用手抵著下頷。

「我總是警惕自己，得寫出只有我能寫的東西才行。被流行牽著走，任誰都做得到嘛。我平時對淨是看那種輕小說的傢伙，都是這麼想的：『……這些人根本啥也不懂。』」

「哎呀……您剛剛這番話，『我一輩子都會記得的』。」

禮禰輕輕將手擱在胸口。

「我是個初出茅廬的半吊子，今後還請您多多鞭策指教。」

「……好的！若妳不嫌棄，我很樂意！」

「八柳老師，時間要到了。差不多該請您離開了。」

「咦！再一下子也沒關係嘛，巳月先生～」

面對低頭看向手錶的紘，八柳發出了諂媚的肉麻聲音。

「不行，之後我還得和霧島老師進行討論。霧島老師，您也同意嗎？」

「……是的。不好意思，八柳老師。還請您改天再找機會和我聊聊。」

「……好！下次就來吃個飯慢慢聊吧！當然，是我請客啦！」

為了送笑容滿面的八柳離開，紘來到了樓下的大廳。

「那麼，八柳老師，我等您下一集的大綱……我總是心懷期待地在拜讀您的小說。下個月就要開始發展新系列了，我們鼓起幹勁吧。」

「遵命！我會努力寫出瘋狂再版的小說！為了變成一個配得上霧島小姐的男人！」

八柳朝天高舉拳頭，喊著「呀呼！」飛馳而去。目送他雀躍的背影離去後，紘前往禮禰的身邊。

討論現在才要正式開始。好啦，「那件事」該在什麼樣的時間點提出來呢——如此心想的紘走出電梯，打開方才那間會議室的門扉之後——

首先映入他眼簾的，是霧島禮爾懶洋洋地玩弄著髮梢的模樣。

「——唉……累死人了。」

宛如聖母一般的和藹笑容已蕩然無存了。

如今人在那兒的，是個討喜的態度徹底瓦解，不悅到極點的少女。

介紹得有些遲了……現在的她，才是「真正的」霧島禮爾。

這根本就是詐欺了。她總是柔和的目光精悍地瞇細了起來，感覺一碰到就會受傷。雖然不至於顛覆絕世美少女這個評價，但與大和撫子相去甚遠，形容為劍道美女會比較接近吧。

其變化之大，假如八柳看到了可能會逃避現實地心想：「喔，原來是雙胞胎姊姊嗎？」

然而，紘依然不改其撲克臉地說：

「是妳說見他也無妨的吧？」

他們倆的語氣都不莊重，並不是一天兩天的事情了。當有第三者在場時，兩人會規規矩矩地使用敬語，但不知打從何時開始，他們獨處時會照平日的態度對待彼此。雖說對方年紀較小，可是鮮少有旗下作家願意被稱呼為「你」。

「這是當然的吧，作家之間的聯繫是愈多愈好。為了在這個妖魔鬼怪肆虐橫行的輕小說

業界存活下來，能利用的東西我統統都要拿來利用。」

八柳老師真可憐……紘在心中同情著他。

「不過，這次我要謝謝妳。八柳老師挺高興的樣子。要是他能夠就此把幹勁用在原稿上的話，對我來說也是好事一樁。」

「無所謂，反正那全都是為了我而做的。況且，感覺他並不是個壞人……可是——」

禮爾有如銀鈴般嘹亮澄澈的嗓音——其口吻當中蘊含了怒氣。

「我當真一輩子都會記得——他鬼扯的那句『被流行牽著走，任誰都做得到』。」

她臉上笑容之壯烈，感覺都要傳來「轟轟轟轟轟……」這樣的效果音了。

「他以為我下了多少苦工呀？將吸引讀者目光的要素和關鍵字列表出來，進一步細分後想出沒有人用過的橋段，但太過極端也不行，所以我不斷不斷不斷不斷地構思大綱，好不容易才找到滿意的要素，卻已經被搶先了。他竟然說迷上了如此爐火純青的小說的讀者什麼都不懂？呵呵呵，那麼職業意識強烈，想必是位卓越作家的您究竟又懂得什麼呢？我還真希望您賜教一番。呵呵呵呵呵呵呵呵呵。」

「禮爾，女孩子不要露出那種像殺人魔一樣的表情比較好……再說，我覺得八柳老師也沒有惡意。」

只不過，即使紘出言緩頰，禮爾的表情也沒有開朗起來。

唉，其實他也明白禮爾的心情。這個叫作霧島禮爾的人，全心全意期盼當一個輕小說作

家。所以她才會痛罵劈頭就否定流行的人，還會在業界人士面前裝乖。

「好啦，那我們開始討論吧。」

「……好的，拜託了。」

紘重新就座，伸手拿桌上的信封。裡頭的東西是禮爾尚未問世的原稿。若是她的書迷，肯定會對這玩意兒垂涎三尺。

霧島禮爾目前所寫的小說叫作《閃鋼的葛羅莉亞》。

其類型為異世界奇幻故事，就現在的輕小說而言算是頗基本款的內容。雖然當中也有男女主角上演戀愛情事的愛情喜劇要素，但最大的魅力在於令人從內心深處湧現出情感的熾熱戰鬥。

因此，兩人討論的內容當然也會是以下這種感覺。

「這次的改稿有相當深入挖掘敵方陣營的角色呢。本集對手利薇亞・萊茵哈特的魔裝幻器（Fantasma）是仿造十字架的重型武器『悲悼巨鷹（Undertaker）』。我覺得是不錯的武裝，跟修女的設定有所相關。在『神約教會（Sanctuary）』裡，這傢伙的『神力（Mana）』大概到什麼地步呢？」

「她是『神約教會』裡的第四（Four）名，所以相當高呢。由於這次的概念是創造一個角色超越主角的『無幻劍（Phalanx）』，我有刻意將『神力』設定得比較高就是。『我是主角我超強』的橋段也差不多有點千篇一律了，因此我寫起來覺得很開心。只不過，有個場面我實在無法接受，那地方我一定要改掉……」

這番對話簡直像是脈衝的法爾希之路希在繭遭放逐（註：揶揄遊戲《FINAL FANTASY XIII》用的成句）一樣。

然而，他們倆的表情皆認真無比。

這也是理所當然的——因為這便是輕小說作家和編輯的工作。

這是一場重要的討論，兩人的命運會因一句發言而大幅改變，所以沒有說笑或打趣的餘地。紘和禮禰就只是專心致志地面對著原稿。

……從討論開始已過了三十分鐘。該談的話題都談完了，緊繃的氣氛緩和了下來。為了將內容謄寫起來而在萬用手冊上動著筆的紘抬起頭。

「那麼，截稿日就拜託在一個星期後了……我要說的大概就是這樣。妳還有其他想確認的事情嗎？」

「……我沒有什麼特別要確認的。」

說完這句話，禮禰便陷入了沉默，像是在猶豫著什麼似的溫婉地繞著手指。

就在紘對這個曖昧不清的反應感到不解時，禮禰下定決心般摸索著包包，拿出一份包裝好的烘焙點心。

「對了，我剛剛在附近的西式點心店買了餅乾。方便的話，要不要邊吃邊聊一下呢？」

「嗯？喔，好啊。反正到開會前還有時間，我就吃一點吧……不過還真讓人驚訝耶。搞不好這是我第一次收到妳送的慰勞品。」

「我很少會這麼做……基本上算是祝賀的意思啦。」

禮彌將視線從紘身上別開，臉上掛著冷漠表情如是說。

「前陣子葛羅莉亞第一集再版了對吧？記得已經是第十刷了……身為作家，我總算開始有了信心，想說稍微歡欣雀躍一點也可以吧。」

啊，原來如此——紘自顧自地接受了。

《閃鋼的葛羅莉亞》現在出到了第六集，也在進行漫畫化改編。這個系列在讀者群之間，甚至謠傳會是下一季動畫的候選作。

每當自己負責的作品再刷，紘就有種驕傲的心情，彷彿自己的孩子上台接受表揚一樣。雖然這令他害臊得說不出口，不過新人時期他還會感到眼眶一熱。

每逢書本以再版的形式受到讀者喜愛，我們的作品便成了某人活下去的支柱……這麼想是不是實在很厚臉皮呢？

「歡欣雀躍也可以，是嗎……也對，這兩年來妳一直都像個拚命三郎似的很努力嘛。」

這番話簡直就像一個細細玩味著女兒成長的父親會說出來的耶——紘如此心想，不過這也未必有誤。

一路走來支持著禮彌這個作家的人，不是別人，正是紘。

紘是在前年的新人獎初次目睹她的小說。他在禮彌未能留到最終評選的投稿作品當中發現了亮點，便以特別提拔的形式成為她的責編。這就是他們倆的相遇。

他和連獲獎這個實際成績都沒有的禮爾，時而拌嘴、時而彼此鼓勵的同時，以《閃鋼的葛羅莉亞》一作成功出道——這條路絕不輕鬆，然而對編輯而言，也很難找到這麼有合作價值的對象了。

老實說，禮爾是紘最有感情的作家之一。

正因如此，紘才會下意識地吐露出這樣的話語吧。

「……謝謝妳，跟著這樣的我一起走過來。」

禮爾倏地全身僵硬了起來。

「……你怎麼啦？突然說那種話……」

「剛認識妳的時候，我還是個菜鳥嘛。如今我才說得出口，當時我對於自己這個新手編輯能否讓妳獲得成功感到很不安……不過，一路到了現在，我都還可以和妳一起創造作品。我真是個幸福的人。」

「別跟我道謝啦。那個……真的得開口致謝的人是我才對。」

「……禮爾？」

由於禮爾低著頭，紘看不見她的表情。

不過她的音調緊張得發顫，簡直不像至今的她。

「是你提拔我，並將我培育到這等地步的……我打從心底覺得，你是我第一個編輯真是太好了。」

這句話有多麼打動紘的內心自不用說。禮爾是如此信賴著自己。身為一個編輯，這是一份無上的喜悅。

這個瞬間，紘確切相信了。

能夠商量「那件事」的人，果然只有霧島禮爾這名少女。

「我也很慶幸能和妳相遇……所以，我有一件事想要鄭重地拜託妳。」

「……嗯，好呀。如果是你的請求，我會盡力協助的。」

「我希望妳見見我負責的作家。她的名字叫唯唯羽尋。」

砰——！

「禮爾，妳怎麼忽然揮拳敲桌子？」

「……唯唯羽小姐是你負責的作家？」

禮爾的口吻蘊含了有如刀劍般的冰冷。

方才的溫馨氛圍已消失得無影無蹤。

「是這樣沒錯……太好了，原來妳知道唯唯羽啊。」

「是呀，這還用說。前輩們常常提到她呢。他們說是在一年前左右，有個國中女生出道了。」

「為什麼要強調女生這點？」

「沒有什麼深意啦。嘖……」

她剛剛確切無疑地咂了個嘴，不過紘並未發現。該說是萬幸嗎？他似乎沒有聽見。

「所以是什麼事呢？喔，對了對了。我們剛談到有個變態想跟美少女作家玩3P嘛。」

「妳把話都聽到哪裡去了啊？應該說，別講什麼3P啦……嗳，妳為什麼在生氣啊？」

「我才沒生氣呢！」

不，妳根本氣炸了不是嗎……雖然紘如此心想，但感覺會把事情搞得很複雜，所以他並未說出口。

「喔，原來你是唯唯羽小姐的責編呀。這麼說來，她得獎的時候，似乎有為了讓誰來帶她而起過一段爭執嘛。我原以為驚奇文庫的編輯淨是些戀童癖，沒想到你就是呢。」

「妳……妳連這種事情都曉得啊？」

「是呀。可別小覷作家的情報網比較好喔。」

那時還有另一位編輯希望擔任唯唯羽的責編，而紘和那男人大吵了一架。當時那句「你都已經有霧島禮爾了，還想要其他女孩子嗎？你這個種馬編輯！」紘有自信會記得一輩子。

「嗯，除了戀童癖以外其他都沒錯啦……只是，最近企畫方面不太順利。她本人想寫異世界奇幻故事，但就算我給她各種建議，也沒能構思出一個我們彼此都認同的企畫。所以我想說，如果能聽妳談談關於作家心態之類的，或許會有所改變。」

紘筆直地凝視著禮爾，聲音充滿懇切。

「唯唯羽小妳一歲，妳們年齡相近，我覺得應該會有許多共鳴……拜託了，妳願意助我

們一臂之力嗎？」

「……在那之前我可以問一件事嗎？從剛剛開始我就很在意了，為何你直呼唯唯羽小姐的名字呢？」

禮爾明顯地露出不滿的神色，向紘逼近而去。

「而且『我們』這個說法，感覺格外親密不是嗎？坦白說，我覺得不太舒服。」

「……喔，關於這個……」

紘一副難以啟齒地吞吞吐吐道：

「其實——唯唯羽是我妹妹。」

「…………………………咦？」

禮爾發出了讓紘都快忍不住笑出來的愚蠢聲音，而後——

「怎麼辦，紘工作過度，分不清現實(Real)和創作(Fiction)了……」

「我說的可是如假包換的現實……唉，我明白這讓人不敢置信啦。」

紘以吃了黃蓮般的苦澀聲音說：

「我不想被人家以為我偏愛她，所以我對其他人保密到家，但唯唯羽真的是我妹妹。我會像這樣跟妳坦白，也是相信妳會守口如瓶……這種事情我只能拜託妳了。」

「……嗯哼，原來如此呀。」

不知何故，禮爾的心情恢復了許多。她望向其他地方思索一陣後——

「……好，我就見見她。只不過，我不會告訴她真正的關鍵之處。除了自己之外的作家全都是敵人，這可是我的信條。」

「這樣就夠了……真的很謝謝妳，禮爾。」

「不用道謝。我老早就對唯唯羽小姐有興趣了。」

「有興趣是說……難不成妳有看唯唯羽的小說嗎？」

紘內心抱著淡淡的期待說道……卻不曉得是怎麼了。

禮爾依然沒有望向紘，維持著平時威風凜凜的表情動也不動。

「……禮爾？」

「……這家的餅乾不怎麼樣呢。」

禮爾並未回答紘的問題，逕自吃起餅乾來。儘管多少有些困惑，紘也在她的影響下伸手拿了烘焙點心。

吃了一口後，紘不禁瞪大了雙眼。

然而禮爾只是無視於紘，一臉不悅地吃著餅乾。

「不曉得這是不是手作風，乍看之下每塊的形狀都很糟糕。口感也粗粗的，很難吃。」

「是嗎？我覺得很好吃耶。」

聽聞這句話，禮爾幾乎要發出聲音般的僵硬了起來。

「我說了什麼奇怪的話嗎？」

「……真的好吃嗎？不是騙人的？」

「我有說謊的必要嗎？……儘管感覺味道有些過於單純，不過質樸之處反倒令人產生好感。雖然妳說吃起來很粗糙，但這份手作風味的口感，讓我感受到製作它的人有多麼全力以赴喔。」

最後，紘以一句若無其事的呢喃做出了總結。

「我很喜歡這餅乾就是了。」

隨後，禮爾猛地探出了身子來。

她的表情簡直像是對於震撼的事實無言以對，就僅是這麼凝視著紘。

「怎麼了？我臉上沾到什麼東西了嗎？」

「不，沒有，不是那樣……這樣呀，原來這餅乾很好吃呢。」

禮爾自言自語般的低喃後，忽然坐立不安了起來。

「你……你可以把這些統統吃掉喔。感覺你好像很中意嘛。」

「這樣嗎？那我就不客氣了。」

紘掛著一如往常的冷漠表情伸手拿餅乾。

他並未察覺，禮爾以一臉莫名緊張的神色盯著他的樣子瞧。

◇

「……呼。」

和紘討論完，回到自家公寓的禮禰吐了口氣。

改稿的方向已清楚定下來了。為了開始動筆而打算準備飲料的禮禰，打開了放有即溶咖啡罐的櫃子。

唉——她重重地嘆了一口氣。

「……我真的很蠢耶。」

禮禰盯著櫃子裡裝盤的大量餅乾，出言抱怨道。

這些全都不是市售品。

是禮禰為了紘而煞費苦心所做出來的失敗品。

「……我怎麼就是這麼不坦率呢？」

雖然不願承認，不過自己一定是個貨真價實的笨拙女生吧。

刻意偽裝成商品，借用慶祝再版這個場合，還撒謊說是附近店家買的。不做到這種地步的話，她就沒辦法將親手做的點心送給紘。

謝謝你平時的照顧。這是我為你而做的，請品嚐看看——明明只要這樣一句話，就不用做那些多餘的事情了。

……不過——禮禰心想，這份努力絕對沒有白白浪費掉。

因為那個人稱讚了餅乾好吃。

「……要是沒有唯唯羽小姐那件事，我就能純粹地感到開心了。」

唯唯羽尋。禮爾沒有一天忘記過這個名字。

她是創造出那部《在我和妳之間》的小說家。

沒想到紘竟然會是作家唯唯羽的責編……不過，這樣也好。畢竟禮爾想見見唯唯羽的心情，並不是騙人的。

再說，縱使唯唯羽是女孩子，既然她是紘的親妹妹，那麼禮爾所擔心的狀況就不會發生了吧。

比方說——紘和唯唯羽絕不可能成為一對戀人。

「……話說回來，哥哥是編輯，而妹妹是輕小說作家呀。」

禮爾如此低語後，淺淺地笑了。

「這不正是像輕小說一樣的狀況嗎？」

▽　暢銷作家和蹩腳作家

數天後，在紘那棟公寓的起居室裡——

紘不經意地往身旁一看，發現唯唯羽的側臉緊張得都僵掉了。

「初次見面，能夠與您相見我感到非常光榮。不才如我，今天還請您多多指教。初次見面，能夠與您相見我感到非常光榮。不才如我，今天還請您多多指教。初次見面，能夠與您相見——」

「……自我介紹練到這兒就差不多了吧？」

唯唯羽在這之前重複了同樣的話語數十次。她停頓了下來後——

「……哥哥，無論如何都得見她才行嗎？」

「唯唯羽，妳不想見霧島老師嗎？」

「……想，但是又不想。」

雖然這個答案令人難以釋懷，不過紘也很能體會這份心情。

因為接下來要造訪此處的少女，是唯唯羽尊敬的作家。

即使未曾見過霧島禮爾，這名作家對唯唯羽來說依然是特別的人物。她們同樣身為女孩子，並且是在輕小說這個舞台持續奮戰的作家。這對唯唯羽的內心多少起了無可斗量的支持作用。

也是因為知道唯唯羽這份心情，紘才會討論到禮爾的事情……

「既然對方同樣是女孩子，我覺得妳怕生的狀況應該會有所改善吧。」

只不過，唯唯羽之所以能夠成為作家，也是拜此一個性所賜。

唯唯羽從以前就怯於面對他人，比起朋友的數量，愛不釋手的書還比較多。在學校的下課休息時間，總是聚精會神地在看書——她就是這樣一個班上總會有的女孩。

……此時響徹家中的門鈴聲，嚇得唯唯羽抖了一下肩膀。

紘站了起來打開門——於是出現在那兒的，是臉上浮現溫柔微笑的霧島禮爾。

「許久未見了，巳月先生。感謝您今天準備了這個場合，讓我和唯唯羽小姐一起談論創作。」

禮爾行了個禮，其優雅程度令人不禁想拍手稱讚。她的表情及言行舉止，全都不同於與紘獨處的時候。

禮爾已經徹頭徹尾地變身成接待外人用的大小姐模式了。

「……禮爾，我知道妳對業界人士會變得親切，可是今天不用勉強自己無妨。我認為妳照平常那樣待人接物，會比較容易親近。」

然而，禮爾只是不發一語地燦笑著。

別說那麼多了，讓我照自己的意思做——那張笑容背後，潛藏著這樣的無言壓力。

紘在內心流洩出嘆息，邀請禮爾入內。禮爾一踏進起居室，便維持著臉上綻放的柔和微笑，自言自語般的低聲說道：

「……您就是唯唯羽尋小姐對吧。」

在她視線前方的，是帶著緊張表情略略低著頭看向自己的唯唯羽。相對的，禮爾的態度相當落落大方，一副打量似的盯著唯唯羽瞧。

不曉得她們這樣過了多久，先開口的人是優雅地嫣然一笑的禮禰。

「初次見面，唯唯羽小姐。我想巳月先生有跟您說，我是霧島禮禰。今天就請您多多指教嘍。」

唯唯羽連忙站起來，下定決心般的做了個深呼吸。

「是……是的。那……那個——」

她鞠了個躬之後，開口說道：

「初次見面，霧島老師……能夠與您相見我感到灰藏涎農……」

她吃螺絲了。

明明都練習那麼多次，結果馬上就出錯了。

就在一陣尷尬的沉默蔓延開來之際，紘頂著紋風不動的撲克臉說：

「那麼，霧島老師。今天就請您不吝指教了。這邊請。」

「啊，要當成沒發生過是吧……」

唯唯羽面無表情地羞紅了臉。瞥了她一眼的禮禰在桌子前就座。

而後紘也和唯唯羽一同坐在禮禰正前方。可能是還放不下剛剛的失敗吧，唯唯羽低著頭緊抓紘的衣襬。

「……呵呵，唯唯羽小姐是個害羞的人呢，真是非常可愛。」

看到唯唯羽這副模樣，禮禰嘻嘻笑道。

「不過，我希望您別那麼緊張。我也是很期待見到您的喔。」

「──────！」

或許是因為對方認識自己而感到開心，唯唯羽忽然躁動了起來。這倒無妨，但她的手別使勁比較好吧。感覺紘的衣襬都快被扯下來了。

然而，紘終歸板著一張臉說：

「霧島老師，您很期待見到唯唯羽嗎？」

「是的。因為她可是『那位』唯唯羽尋小姐呀。」

浮現在禮禰臉上的，是完美過頭的輕柔笑容。

「稚齡十四歲，便在初次投稿時摘下最優秀獎的稀世神童。對我這個新人獎落選後受到提拔的人來說，簡直是一位高不可攀的作家。我早就想親眼看看是個什麼樣的人了。」

「……原來如此，是這麼回事啊。」

這麼一想，唯唯羽和禮禰的關係還真是頗為奇妙。

一邊是初次投稿便榮獲最優秀獎，作品卻一次也沒再版過的女孩子。

另一邊是以提拔的方式出道，但體驗過作品再版五刷的女孩子。

對於這兩人是自己負責的作家一事，紘後知後覺地感到吃驚。

「我也會支持唯唯羽小姐的活躍，還請您多多加油……對了，您想擬一份新企畫對吧？

希望有我能夠給予建議的地方。」

「霧島老師是已經出過六本書的前輩，有什麼想知道的就趁現在儘管問吧。」

唯唯羽生硬地點了點頭後——

「那個……我有事情想拜託霧島老師。」

「好的，當然沒問題。您的問題我統統都會回答。」

唯唯羽抿緊了嘴巴，像是受到這番話鼓舞一般……而後她冷不防地站起來，跑到自己的房間去了。

紘僅有一瞬間感到目瞪口呆，因為唯唯羽隨即回到起居室來了。

她手上拿著簽字筆和《閃鋼的葛羅莉亞》第一集。

唯唯羽將這兩樣東西遞給禮爾，臉頰染上一抹淡淡朱紅地說：

「——請您幫我簽名。」

咦，不是要聊創作嗎……？

說到這時的禮爾，表情正是這種感覺。

想當然耳，紘也不例外。他面無表情地冷汗直流。

「唯唯羽，這樣不太好吧……」

「……果……果然還是得用簽名板才不會失禮嗎？」

「我不是那個意思。該怎麼說，剛剛的走向非常好吧？妳居然硬生生打斷將話題完美地

轉到創作上的時機，劈頭就要簽名……」

「不……不會，沒關係的。我只是稍微嚇了一跳，可是很開心。縱使是客套話，有人跟自己要簽名也是作家的榮幸。」

禮爾這番話肯定沒有其他用意……然而——

「……這不是……客套話。」

唯唯羽以毫不動搖的眼光注視著禮爾。

她的眼瞳中僅蘊含著一心一意的尊敬，扼殺了先前為止的畏怯和不安。

「整套《閃鋼的葛羅莉亞》我都看完了……我最喜歡您的小說了。」

這番告白(Propose)毫不掩飾，若是初出茅廬的作家感覺會瞬間淪陷。

「……唯唯羽小姐，您有在看我的作品呀？」

面對表情呆愣的禮爾，紘帶著欣慰的心情說：

「是我告訴出道前的唯唯羽，有個和她年齡相仿的女孩在寫輕小說。自從那天之後，她就變成葛羅莉亞的書迷了。」

「……我還是第一次為戰鬥小說感到心跳加速。」

唯唯羽一副按捺著緊張似的娓娓道來。

「霧島老師的文筆感情豐富，有種一碰就真的會感受到熱度的感覺。所以我才會想打從心底為小說中的登場人物加油打氣……我覺得您好厲害喔。明明一樣都是女孩子，卻寫得出這麼有趣的小說。」

頭低低的唯唯羽，躁動難安地拚命述說著。簡直就像是對愛慕之人吐露心意一樣。

面對這樣的唯唯羽，禮爾僅是茫茫然的。

「……這樣……呀。」

而後，禮爾又浮現出先前的柔和笑容，在單行本上頭簽字。唯唯羽露出呆愣表情，從禮爾手中接過了小說後——

「…………」

她淺淺一笑，將書本緊緊抱在胸口。

紘不禁稍稍放鬆了表情。唯唯羽可是對自己以外的人展現笑容了。這可說是最高層級的情感表現。

「不過，唯唯羽小姐居然有看葛羅莉亞，真是嚇到我了。記得您想寫異世界奇幻故事對嗎？希望我的小說多少能讓您當作參考。」

「……謝謝……您，我會努力的。」

唯唯羽稍稍羞紅了臉，堅強地回答。

看到妹妹這副模樣，紘在內心點頭稱是。

「雖然不曉得何時能夠出書，但我和哥哥約好要寫一部能讓許多人獲得幸福的小說。為此，我目前也還在學習當中。」

紘又再次於心中頷首同意。

「所以，假如方便的話……可以請您告訴我這部作品的感想嗎？」

嗯……嗯？

無視於丈二金剛摸不著頭腦的紘，唯唯羽將一旁稿紙大小的茶色信封袋遞給禮禰。

「這是……您寫的小說嗎？」

「唯唯羽，借一步說話。」

語畢，紘便和唯唯羽一起背對納悶地拿起原稿的禮禰。

「我問妳一件事，妳想讓霧島老師看的……應該不是前幾天給我看過的，那部束之高閣的小說吧？」

「……你怎麼會這麼問呢？」

唯唯羽打從心底感到詫異地歪過頭去。說得也是呢——紘對此放下了心。

仔細想想也是理所當然的。唯唯羽也曉得那部小說有多麼瘋狂，不可能會做出給別人看這種愚昧的行徑——

「這還用說嗎？那部小說是我的心頭愛呢。」

那場長達一小時的討論究竟有什麼意義——紘感到亂空虛一把的。

不過那也僅是須臾之間的事。冷汗從紘的全身上下流了出來。

「霧島老師！可以請您先不要看那部小說——」

紘倏地回頭……但眼前的光景讓他頓失話語。

「……啊哈哈！」

禮爾讀著唯唯羽的小說，開心地笑了。

「霧……霧島老師……？」

「啊，對不起。我不小心沉迷在唯唯羽小姐的小說裡了……不過真令人意外。唯唯羽小姐比我想像中還要來得多才多藝。」

禮爾對紘露出滿面微笑。

「我都不曉得，她竟能寫出這麼愉快的喜劇作品。」

「啊？」

「內容相當新穎，不過這樣也挺有意思的。看似乖巧的唯唯羽小姐，居然想得到這麼多反過來利用慣例的搞笑橋段，令我衷心佩服。」

——原來如此，她是如此解讀的啊……

紘在杏眼圓睜的唯唯羽身旁，莫名地了然於心的同時——

「霧島老師，您弄錯了。那不是喜劇作品。唯唯羽以自己的方式朝王道異世界奇幻故事邁進的結果，就是那部小說。」

「咦？……那……那麼，這個毫不猶豫地犯下殺人罪行的主角，以及異常容易迷戀上別人的公會小姐則是——」

「那是唯唯羽極其正經所撰寫的。」

「…………………這樣……呀……」

禮爾的態度隨即一變，尷尬地沉默了下來。

紘忽地心想：告知病人得了頑症時的醫生，大概就是這種表情吧。

「那個……我的小說如何呢？」

「咦？啊，這個嘛……我認為就某種意義而言，這是一部可以窺見您才華片鱗半爪的驚人小說。」

「……很好。」

唯唯羽稍稍握拳，做了個勝利姿勢。就算她用這種馬到成功般的眼神望向紘，也只會令他感到困擾罷了。

禮爾則是以一副有話想說的眼神，直勾勾地看著這樣的唯唯羽。

唉，紘明白禮爾的心情。她沒有辦法接受，為何足以摘下最優秀獎的作家，會寫出一部有如黑暗火鍋的小說吧。

……這時禮爾似乎想到了什麼，銳利地瞇起雙眼。

「巳月先生，為求慎重起見，我跟您確認一下。唯唯羽小姐至今只投稿過一次新人獎，對嗎？」

「是的，確實如此。這件事怎麼了嗎？」

「那麼，難不成唯唯羽小姐她，不太常──」

然而不知何故，禮爾在此露出了一個刻意的笑容後──

「不……沒什麼。不好意思，那不是什麼大事，請您別放在心上。」

──啊，原來是這麼回事嗎？

紘自顧自地了然於胸。禮爾之所以會忽然含糊其辭，肯定是因為她判斷之後的話語有可能傷害到唯唯羽吧。

禮爾八成是想這麼說：

難不成唯唯羽小姐她，不太常──寫小說是嗎？

正因為如此，才想說她寫了一部足以獲獎的小說，卻也會像這次一樣寫出荒誕不經的作品。由於寫作的底子不紮實，所以作品不夠穩定。

禮爾會這麼想也是無可厚非的。像唯唯羽這種既年輕又是初次投稿就出道的人，作品水準不一才是比較自然的狀況。

「那個……唯唯羽小姐，我想請您告訴我一下……您還記得至今完成了多少部小說嗎？啊，這沒有什麼深刻的用意喔。我只是想更了解您罷了。」

「咦……？好……好的，我努力回想看看。」

「想更了解您」這句話似乎奏效了，唯唯羽開始焦急地扳著手指計算。不曉得她究竟有多麼拚命，那副「呃……」慌慌張張地彎著指頭的模樣，堅強到讓人想替她加油打氣。

「從我升上國中後開始寫，大概……」

不久後，唯唯羽沒什麼自信地開口了。

「有超過二十部作品。」

室內變得萬籟俱寂。

在這股不自然的寂靜當中，禮爾掛著渾然忘我的表情僵住了。簡直像是初次耳聞到未曾聽過的異國語言一樣。

「——您是騙人的對吧？居然寫了二十部……」

「……太少了……嗎？」

「那……那怎麼可能！這樣的作品數量反倒該說非比尋常呀！立志當作家的高中生，一般來說頂多一到兩部呢！」

禮爾會慌張失措完全不值得詫異。

從上了國中到出道的這兩年之間，唯唯羽的執筆速度平均下來是一年十本以上——唯唯羽從業餘時代起，就以超越商業作家的速度在撰寫小說。

「我提醒過唯唯羽她寫作的速度很快，但她似乎沒什麼實際的感受。她覺得這是理所當然的。更重要的是，她從未和作家聊過創作的事情。如您所見，唯唯羽個性很內向。」

聽聞紘的話語，禮爾就只是無言以對……然而，她忽然理解似的敲著手說：

「喔，原來如此。不好意思，我有點太武斷了……您所謂的小說是短篇對吧？不然怎麼可能寫出二十部這麼多的小說呢。」

她無法相信也是無可非議的──紘如此心想。因為唯唯羽這番話太不真實了。

既然如此──

「您要看看唯唯羽到目前為止寫了多少小說嗎？」

「……咦？」

紘不顧語帶疑問的禮爾，逕自打開了起居室的壁櫥。那是紘和唯唯羽共用的置物空間，裡頭收著吸塵器和日用品之類的東西。

紘一一拿出了放在上層架子的幾個收納箱。一個、兩個這樣慢慢疊加上去……最後拉出了第四個來。

四個收納箱排列在地上。所有箱子裡頭──

──都塞滿了無數唯唯羽的原稿。其數量之多甚至令人感到異常。

「……這是怎樣？」

面對此一超脫常軌的光景，禮爾流瀉出染滿了驚愕的嗓音。

「唯唯羽所說的是事實……她當真寫了這麼多有一本輕小說份量的長篇作品。」

紘重新將目光移向收納箱。各個箱子分別記載著「國一上半期」、「國二下半期」，裡

頭大約收著十五件放有唯唯羽原稿的茶色信封。

換言之——這裡有唯唯羽多達六十份的原稿。

「請等一下……這樣不是很奇怪嗎？」

禮爾回過神似的凝望著唯唯羽所寫的那些小說。

「唯唯羽小姐寫了大約二十部對吧？但這些原稿的數量怎麼看都太多了。」

「……因為，這裡的小說並不是只有我一個人寫的。這是我和哥哥的作品。」

禮爾和紘皆瞪大了雙眼，看向低垂著頭開口的唯唯羽。

先前淨是回答禮爾問題的唯唯羽，以結結巴巴的口吻主動發言了。

「兩位的作品是什麼意思？」

「……哥哥每次看我的原稿，都會跟我說感想。像是『這篇文章很有妳的風格，要好好珍惜』，或是『這裡的結構這樣修改會比較簡潔』之類的。所以，這裡的原稿有一半以上是我和哥哥一塊兒重寫的。」

換句話說——就是唯唯羽在出道之前，已經在紘的建議之下改稿了。彷彿就像是作家和編輯一樣。

這成堆的原稿小山，不光是唯唯羽的東西。

而是紘和唯唯羽這對兄妹兩年間的歷史。

「……我能夠一直寫小說到現在，也都是多虧了哥哥。小說是我和骨肉分離的哥哥之間的唯一聯繫。」

「骨肉分離……是……這樣嗎？」

「……那是過去的事情了。我和唯唯羽是在分居的狀況下創作小說的。」

紘低頭看向他的寶物——亦即唯唯羽的小說，同時以溫和的嗓音說道。

其契機是剛成為編輯的紘所收到的一封郵件。

我第一次嘗試寫小說，希望你看看——剛升上國中的唯唯羽寄來的郵件裡，夾帶著一篇小說。從那之後的兩年期間，紘以編輯的身分工作之餘，還會利用私人時間持續閱讀唯唯羽的作品。

如果你這次也喜歡，我會很開心——有的小說是這樣自信滿滿地寄來的。

這次搞不好不行——也有的小說是如此充滿不安地寄來。

每當收到小說，紘便會像是撫摸著唯唯羽的頭般稱讚她，又或是敲敲肩膀似的鼓勵她。

那時的紘對妹妹的作品盡心盡力，彷彿唯唯羽就在眼前。

紘像是眺望著寶物一樣，目光柔和地低頭看向唯唯羽的稿子。

「我從來沒想過，在商業的世界裡也可以和唯唯羽一同創作小說。所謂事實比小說還離奇，這句話說得真妙。」

「……可是哥哥，你第一次讀我的投稿作品時並沒有發現。」

「………………」

被戳到痛處的紘，不禁別開視線，看向其他地方。

說實話，在和那部投稿作品相遇時，紘覺得字裡行間有股既視感。但他隨即打消念頭，認為這並不可能。

這是因為，《在我和妳之間》便是如此妙筆生花。

透過那部作品，紘重新體認到文章會寄宿著情感。那抒情且細膩的筆法，與其說會留在記憶裡，不如說會銘刻於心。這部作品再次讓紘知道，原來人可以如此沉迷在小說當中。

他不曾在唯唯羽的小說中受過此等衝擊，所以才會以為是經驗豐富的投稿者——如今想想，當初應該要立刻察覺才是。

因為那時的紘，是唯唯羽在這個世界上唯一的讀者。

「……抱歉，唯唯羽。那時我沒能看穿作者是妳。」

「……不會，沒關係，我原諒你。因為我現在能像這樣，和你哥哥一起創作輕小說了嘛。」

轉過視線，映入紘眼簾中的，是淺淺一笑的唯唯羽。

「都是哥哥稱讚我的小說有意思，我才會對作家抱持憧憬。不論是培育我的夢想，抑或是實現它的人都是哥哥……這樣的哥哥如今是我的責編。沒有比這更幸福的事情了。」

唯唯羽輕聲細語著……但她突然慌張地轉頭看向禮爾。

「對……對不起，我淨是顧著說自己的事情……」

「……不要緊。我確切地感受到，兩位是一路互相扶持過來的。」

面對怯生生地揚起眼神凝視而來的唯唯羽，禮爾忽地露出微笑……然而，這幅光景卻令紘稍稍起了疑心，並蹙起眉頭來。

為什麼呢？紘莫名覺得，禮爾的笑容——像是裝出來的。彷彿要徹底掩藏自己的真心話似的。

「剛剛我看那篇異世界奇幻故事的時候，想說唯唯羽小姐或許是個意外普通的作家……不過您果然很了不起。畢竟您在出道前就寫得出這麼多作品了。」

「……沒有的事。我根本算不上什麼。」

「您不用那麼謙虛……今天來一趟真的很有價值。」

「……很有價值……嗎？」

「不，請您別在意。不是什麼大不了的事情。」

禮爾以苦笑回應歪頭不解的紘。

「我還想多聽聽唯唯羽小姐的故事，可是兩位今天是為了創作才找我來的……我們也差不多該談談輕小說了吧。」

「……好的，請您多多指教。」

唯唯羽再度對她低頭致意。

於是，兩名作家之間的創作講義就此揭幕。

▽　如果是和哥哥一起，我願到天涯海角

「不會告訴她真正的關鍵之處」——這是禮爾開給紘的條件。

不過就紘來看，禮爾的講解聽來全都很新鮮，令他忍不住感嘆。比方說，如何在點子枯竭的時候找出哏來，或是要將什麼樣的流行輕小說元素納為己用。紘不時地深入探討話題下去，而唯唯羽則是興奮地不住連連點頭。

創作講義持續了一個鐘頭左右……這時兩名少女才終於暫時休息，開始享用紘所準備的蛋糕。

「唯唯羽小姐，您覺得如何呢？若是能夠多少成為您的參考，就是我身為前輩的莫大榮幸了。」

「……霧島老師是哥哥旗下的作家，真是太好了。」

唯唯羽的音調儘管害臊，緊張已緩和了下來。

「總覺得……我好像明白了自己需要些什麼。」

面對一直拚命豎耳傾聽的唯唯羽，禮爾展露出柔美笑容。

儘管第一次接觸出了差錯，唯唯羽仍慢慢地和禮爾變得融洽。對方是憧憬的作家一事，看來果然影響深重。

找禮爾商量真是太好了——就在紘如此放心下來之際，他不經意地發現了。

唯唯羽像隻小動物般咀嚼著布朗尼蛋糕。

她的嘴角沾著鮮奶油。

「唯唯羽，這樣很不成體統喔，霧島老師也在這兒呢。」

「……什麼意思，哥哥？」

「看來妳完全沒注意到，簡直像個小朋友一樣。」

禮爾嘻嘻地輕笑出聲。

真拿妳沒辦法耶——紘接近唯唯羽和禮爾開口發言，這兩件事幾乎同時發生。

「唯唯羽小姐，我覺得那樣非常可愛，但是奶油——」

沾到妳嘴邊嘍——她恐怕是想要這麼說吧，一定是的。

然而，禮爾卻像是石頭一樣僵掉了。

因為紘將手指靠近唯唯羽的嘴唇，幫她把奶油抹掉了。

「……咦？啥——！」

「謝……謝謝你，哥哥。」

大概是讓人見笑而相當難為情吧，唯唯羽羞紅了雙頰——一口含住紘碰過奶油的手指。

雖然紘也多少對唯唯羽的行為心生動搖，但他並未抗拒。事到如今無論唯唯羽對他做出

什麼事，都不可能令他感到羞恥了。

不久後，唯唯羽鬆口放開紘的指頭。

「好。霧島老師就在我們面前，妳可得當心點喔。」

「說什麼當心點呀！」

禮禰突如其來地猛力敲了一下桌子。

但她一發現紘和唯唯羽都嚇呆了，便說：

「啊——我……我真是的。因為看到了不敢置信的畫面，忍不住就……」

「……不會，是我不好。您會生氣也是在所難免的。」

可能是察覺了自己的失態，唯唯羽露出消沉的表情說：

「我居然沒發現臉上沾了鮮奶油，真的很沒常識。」

「不是那個！」

「您怎麼了？霧島老師，感覺您好像很激動……」

紘和唯唯羽一副摸不著頭緒的模樣面面相覷。

禮禰的肩膀抖個不停……而後她忽然拿出手機，迅速地叫出了 Flick 輸入法。過了幾秒鐘後，紘的手機收到了郵件。

你給我到外面來。

禮禰傳了封有如小混混找碴一般的信件來。

「那個，請問這究竟是……」
「別問那麼多了，快點！」
禮爾無視於納悶不已的唯唯羽，抓著紘的手臂邁步而去。
他們倆直接走出家門後，禮爾便以平時的口吻說：
「我要求你進行說明，而且要愈快愈好。」
「妳在說什麼？」
「你剛剛不是把唯唯羽小姐嘴邊的奶油抹掉了嗎！還一副天經地義的樣子！她不但什麼也沒說，還把你的手指……！」
喔，原來是說那件事——紘總算理解了。
「所以說，我跟你講過了吧。唯唯羽是我妹妹。」
「是呀，的確如此。」
「……………」
「……你為什麼默不作聲？」
「呃，我覺得該說的已經統統說完了。」
「就這樣？單憑一句『因為她是我妹妹』，你以為我就會說出『那就沒辦法了』嗎！」
「嗯，考慮到妳在場，或許我也有問題呢。抱歉，今後我只會在和唯唯羽獨處時才那麼做。」

「你根本完全沒搞懂嘛！我想說的是更根本性的事情……！哎呀，真是的！」

禮爾以一副氣得快跳腳的氣勢大喊。

「就算是兄妹，做出這種只有情侶才會做的事情很奇怪吧！」

「……是嗎？我覺得正好相反。反倒因為我們是兄妹，我才會幫唯唯羽抹掉臉上的鮮奶油。換作是其他異性，我做不出這種事情來。」

「……什麼意思呀？」

「我可以斬釘截鐵地說，我和唯唯羽之間絕對不可能萌生戀愛情感。因為縱使沒有那種東西，我也打從心底愛著唯唯羽這個妹妹。她是我在這世上唯一的寶貝妹妹，所以我完全不覺得羞恥。這便是所謂的兄妹。若要我來說——」

紘筆直盯著禮爾怒不可遏的雙眸，說：

「不幫妹妹抹去嘴邊鮮奶油的傢伙，沒有資格當一個哥哥。」

「——」

禮爾頹喪地垂下雙肩，先前的氣勢都像假的一樣。

「喔～是這樣呀。原來你帶著這種想法。真是極其美麗的兄妹愛呢……看來唯唯羽小姐對你而言，比我想像中還重要。」

「太好了，妳終於明白了嗎？」

「是的，我非～常清楚了……知道你有嚴重的戀妹癖。」

話一說完，禮爾便轉身回到屋內。

感覺到氣氛非同小可的紘，困惑地跟了上去——於是他的視野裡，映出了禮爾正在向唯唯羽攀談的身影。

「嗳，唯唯羽小姐，我有件事想跟您討論。方才巳月先生對您所做的舉止……我果然還是覺得很奇怪。」

「……很奇怪……嗎？」

紘連忙坐到唯唯羽身邊去。然而，禮爾卻一副對紘視若無睹的樣子。

「巳月先生那份關愛妹妹的心意非常棒。可是，該說有些太過火了嗎……我認為他可能還沒學會讓您獨立。」

「……不好意思，今天不是要聊小說嗎——」

「別管那麼多了，請您聽我說。我這番話是認真的。」

唯唯羽不再開口，維持著澄澈的表情傾聽著禮爾的話語。

「所以說——我覺得由您主動和巳月先生保持距離，會對兩位比較好。巳月先生是個社會人士了，這樣下去應該會有很多困擾。譬如說，由於太過溺愛您，導致交不到女朋友……您覺得呢？」

這句話講完，寂靜便降臨至室內。

一陣久得宛如永恆般的漫長沉默持續著——而後唯唯羽緩緩轉頭看向紘。

「哥哥，告訴我……你覺得我很礙事嗎？」

「那怎麼可能。」

幾乎到了插嘴搶話的程度。

紘毫不猶豫、毫無迷惘地立刻回答。

「待在妳身邊，就是我的幸福。妳的存在對我來說是多麼大的支持，實在是無法一語道盡。只要有妳在，其他我什麼都不要。」

哥哥這番話令唯唯羽綻放出無比開心的笑容。

不過那也僅是片刻之事。唯唯羽的表情透露出一抹不安，將視線轉回禮爾身上。

「……我的心情也和哥哥一樣。只要哥哥希望，無論什麼事我都想為他實現。這是我純粹無比的心願。」

而後唯唯羽規規矩矩地低下了頭，彷彿竭盡全力尊重禮爾似的。

「所以，對不起……我無法同意霧島老師這番話。」

面對這個反應，禮爾的身子僵硬到旁人都看得出來。

至今總是乖乖聽她說的唯唯羽——初次將拒絕掛在嘴上。

「……可……可是呀，感覺這樣實在是太過頭了——」

「……那……那個，我非常尊敬霧島老師。但……」

唯唯羽抬起了頭。她的臉蛋浮現出摻雜緊張和恐懼的難受表情，令人看了於心不忍……

儘管如此——

那對有如水晶般的眼眸，仍蘊含了無可動搖的決心。

「請您不要涉入我和哥哥的世界裡。」

禮爾肯定未曾想像過。

想不到他們兄妹之間的羈絆如此牢固。

「——什……」

目前為止她一直扮演著端莊女性的形象。

那張假面具——產生了裂痕。

「那是怎樣，怎麼想都很奇怪呀！他可是為妳抹掉了嘴角的鮮奶油，而且妳把它舔掉了耶！這麼令人羨慕——寡廉鮮恥的事情，怎麼可能用一句兄妹愛就解釋過去呀！」

彷彿貓咪哈氣威嚇對方般，禮爾毫不掩藏自己的憤怒。

其變化之大令唯唯羽嚇得一顫……然而，紘卻是面不改色地說：

「……夠了吧，霧島老師。我和唯唯羽不會改變心意。我很高興您為我們著想，不過請您適可而止。」

「可……可是！這樣下去，你也沒辦法交女朋友——」

「用不著擔心。因為我沒有交女友的意思。」

禮爾的身子僵硬到甚至都要傳出劈啪聲了。

「我不認為有多少女性會喜歡上我這種冷漠的人，況且我現在竭盡心力在編輯這個挑戰性十足的工作上，根本沒有思考女朋友的餘力……再說，我還有唯唯羽在。要是我交了女朋友，她會感到寂寞的。」

「……哥哥。」

這段話不曉得令她多麼放心，唯唯羽的嘴角稍稍放鬆了下來。

相對的，禮爾臉上浮現的，則是彷彿動員了所有表情肌一般的抽搐笑容。

「……喔……喔，是這樣呀。」

之後禮爾從桌前站了起來，一副就要被擊倒的模樣。

「不好意思，我總覺得一陣猛烈的暈眩和噁心感湧了上來，好像快死掉了，所以今天容我先行告退……」

「咦……霧島老師？」

紘開口呼喚，但禮爾一句答覆也沒有。她踩著搖搖晃晃的步履，直接走到了室外去。

嚇呆也僅是剎那之間的事，紘隨即想要追上去——卻不經意發現到了。

唯唯羽不發一語地低頭望著桌面。

略略可見的側臉，悲傷到似乎隨時都要哭出來。

「怎麼辦，哥哥？霧島老師是不是討厭我了……？」

她語帶顫抖地喃喃道。

「她忽然回去，一定是因為我說了沒禮貌的話。所以霧島老師才會氣得——」

「才……才沒那回事！她不是那種沒肚量的人，肯定是誤會了什麼……！」

紘在方寸大亂到令人不忍卒睹的同時開口安慰著唯唯羽，但她的表情絲毫沒有破涕為笑的跡象。雖然他也想追著禮爾過去，但現在已經不是那種時候了。

紘拚命地跟唯唯羽攀談，並捫心自問。

為什麼事情會變成這樣？

想當然耳，他完全找不到可能的答案。

霧島禮禰

Kirishima Ayane

年齡：17歲

身高：164cm
三圍85、56、82

興趣：以小說為首，像是動畫、遊戲、
漫畫等能讓她忘記時間的一切事物、
自己的讀者

絕活：一瞬間變身為大小姐類型的人

喜歡的事物：為了寫出暢銷小說
而努力的作家

不喜歡的事物：瞧不起暢銷小說的作家

紘所負責的其中一名作家。她在新人獎之際很可惜地於最終評選前被刷掉，不過這時紘以提拔的形式成了她的責編。
她是個新人作家，為了寫出讓任何人都能沉迷其中的小說而銳意奮鬥中。她對於輕小說作家的執著非比尋常，只要是能在業界存活下去，大部分的事情她都會做。
現正發行的作品為異世界奇幻故事《閃鋼的葛羅莉亞》。這個系列出到了第六集，主要受到高中男生的支持。

Showing Love to My Little Sister is an Important Task.

千千石芹奈
Chijiwa Serina

年齡：20歲

身高：154cm
三圍81、55、80

興趣：和寵物玩耍

絕活：無論工作多麼辛苦，
只要中間隔一天假日便能迎刃而解

喜歡的事物：下班後的沐浴

不喜歡的事物：編輯前輩
近乎性騷擾的發言

WF文庫J的輕小說編輯，為紘的後進。
對於工作的態度相當一心一意且認真，總之就是個努力的人。然而，由於她還不習慣編輯的工作，偶爾也會闖禍……？
她很在意自己嬌小的個頭，為了讓自己看起來成熟而下了許多工夫。
可惜的是，生長激素似乎完全沒有奮發圖強的意思。

Showing Love to
My Little Sister
is an Important Task.

輕小說用語集

再版

再次印刷出版已經出過的書籍。出版社的獲利會提升，作家也會得到版稅，因此這個詞彙堪稱所有人都能笑容滿面的幸福象徵。

作家會在上市第一週在意銷售狀況，因此根本動不了筆。還會黏在亞馬遜等網站的銷售排行榜上，心情為數字的變動起起伏伏。簡直就像是投資市場的當沖客一樣。

「只要我買個幾千本，不就會再版了嗎？」這種想法是每個作家都會經歷的路。

腰斬

意指主要由於銷量不好之類的理由，導致無法繼續出版作品的續刊。預設一本完結的狀況另當別論，就算原本規劃為系列作也得被迫將故事收尾。這個詞彙可謂惡夢的象徵，甚至讓人不想詳加說明。

總之它的負面形象已根深柢固，不過能夠讓作品完結，無論是對作家或讀者都是一件幸福的事情。

第二章

▽ 編輯的工作！

巳月紘起得還算早。

在早上七點左右的時間，他已經換下便服，和鏡中冷冰冰的自己大眼瞪小眼了。

他點了個頭之後來到起居室，首當其衝聞到的是一股香味。

一看，是唯唯羽在廚房做早餐。

「……你可以再多睡一下嘛，我會去叫醒你呀。」

唯唯羽一手拿著平底鍋，面無表情地回過了頭來。她在高中制服上頭穿著粉紅色圍裙。

這是個平凡無奇的早晨光景。

順帶一提，距離紘的上班時間還有好幾個鐘頭，原本他並不需要這麼早起。儘管如此他依然將鬧鐘定在這個時刻，全都是為了和唯唯羽一同共進早餐。若是要讓唯唯羽一個人孤單地吃早餐，就算是用爬的他也會爬到餐桌——這便是紘的信念。

「受妳太多照顧，可是會關乎到我身為哥哥的威嚴啊。」

「叫醒哥哥是妹妹的義務——這在先前的輕小說上頭有寫到吧？」

「還真是驚人的義務感……」

過一陣子之後，早餐便上了餐桌。今天的菜單是烤得酥酥脆脆的吐司、色澤鮮豔的荷包蛋，以及散發香甜芬芳的玉米湯。

他們倆雙手合十說了句「我要開動了」，便開始享用早餐……就在那之前——

紘直截了當地向唯唯羽拋出事前決定好要先詢問的話題。

「對了，妳有和霧島老師交換ＬＩＮＥ吧。昨天的創作講義，妳跟她道過謝了嗎？」

正想大口咬下吐司的唯唯羽倏地僵住了。

不曉得她想到了什麼，窸窸窣窣地躲到桌子底下去。

「我明白妳的心情，可是逃避現實也不會有任何進展的喔。」

「……我對霧島老師說了很沒禮貌的話。她可是我的前輩呀。我應該要更慎選說法對吧。」

昨天和禮禰進行完創作講義後，唯唯羽就一直是這副德性。

由於在那之後紘幾乎花了一整天拚命安慰她，所以稍微有點起色，不過她果然還是很沮喪吧。

「我有傳郵件給霧島老師了，不過妳也要好好跟人家道謝比較好喔……那個人一定會再跟妳好言好語的。我可是她的責編，這番話不會有錯。」

「……嗯，既然哥哥這麼說，我相信。」

鑽到桌子底下進行戰略性撤退的唯唯羽回到位子上，重新開始享用早餐。

經過數十分鐘後，來到唯唯羽得上學的時間了。紘對著在玄關換鞋子的唯唯羽說：

「上學路上小心喔。月票帶了吧？鑰匙也記得吧？還有，錢包別放在口袋，而是要放在書包──」

「不要緊，這些東西確實都在……對了，哥哥。」

正打算開門的瞬間，唯唯羽再次轉身面對紘，像是想起了什麼忘記說的話一樣。

她的臉上浮現出甚至帶著一抹夢幻的淺笑。

「你今天工作也要加油喔。」

好好加油吧──紘打從心底這麼想。

▽　由於那名男子是設計師

紘是在和唯唯羽用完早餐的幾個小時後出門上班的。大概是上午十一點左右的事情。

編輯的工作就是編書。像是確認印刷廠送來的稿子色調，或是促銷和周邊商品等，也有許多業務和作品內容並無直接關係。

紘到公司後首先進行的，也是編書的必要工作之一。

「讓您久等了。感謝您百忙之中抽空來公司一趟。」

在某間會議室中，坐在桌前的紘對正前方的青年低頭致意。

青年大約二十五歲左右吧。他的肌膚白得像是體弱多病，體態相當纖細。在那頭恐怕是染出來的銀色長髮襯托之下，他的容貌簡直像是西洋人一樣。

男子忽地浮現出帶著陰霾的笑容說：

「該致謝的人是我。畢竟是我這邊任性地要求，想要直接和你見面一聊。」

語畢，男子為窗外灑落而來的陽光瞇細了雙眼。

「那麼——我們開始來討論設計吧。」

儘管尚未普及於世，在製作輕小說當中的一項重要工程，有個叫設計的環節。

比方說輕小說封面，便是由兩個要素所構成的。

其一不用說就是插畫，另一個則是書名和作者名之類的文字。

隨意配置這些文字，會讓封面顯得非常窮酸。為了盡可能吸引多一點讀者注意，不限於輕小說，出版物的包裝必須訴諸於消費者的視覺。

而這正是他——平面設計師七節裕義的工作。

「關於這次的作品，就我讀過的原稿來看，是一部非常愉快的喜劇。書名是《就說別叫我變態了！》，作者則是一位叫八柳琉太的人，對嗎？」

七節露出彷彿在測試紘一般的無畏笑容。

「我姑且確認一下，巳月老弟。你該不會說出『拜託你做出帶有戀愛喜劇風格的可愛設計』這種讓我失望的要求吧？如果要我發表一個隨手就做得出來的簡陋設計，我寧可立刻把事務所收一收回鄉下去。」

所謂的設計師，是種遠比世人所想更具有創造性的行業。

對顏色的感受力、字型的選擇、裝飾的技術，以及版型的知識。每個人所擅長的部分各有不同。即使是同一部作品，只要設計師不同，完成的設計便會有無限差異。

正因如此，七節裕義這個人對這份工作抱持著驕傲。他時時刻刻都在追求著，該如何在視覺層面表達這世上獨一無二的作品。

「這我當然清楚。我也很期待七節先生您獨特的裝幀。」

「那我就開門見山地問了，巳月老弟。你究竟想傳達這部作品的何種要素給讀者？」

「……說白了，我想請您將這部作品的理念『變態』融入設計中。」

七節做出了抽搐一下的反應。

「……巳月老弟，你又依照往例在強人所難了。很少有客戶會提出『變態』這麼模糊不清的要求。要我說的話，這就像是到餐廳點菜的時候，粗略地說『來點清爽的』的客人一樣。」

「會很……困難嗎？」

「嗯，一般是做不到的吧……除了我以外的設計師。」

七節憋笑道：

「就我看這次的作品，變態的內心糾葛是當中一個主題。這點沒錯吧？」

「是的，沒有問題。」

「既然如此，我應該呈現出來的，便是身為變態的苦惱──比方說……」

七節大大張開了雙手，以歌詠般的口吻娓娓道來。

「形單影隻的流星，劃破既無星月也無雲的荒涼夜空──這種孤獨又悲傷，令人揪心的設計如何？」

紘在心底喃喃說：這人又一如往常地說些難懂的話了耶。

儘管如此，他依然拚命思考七節想要傳達的意思。

「不，那樣有點太沉重了。這部作品終歸是戀愛喜劇，我想想……」

紘將手抵在嘴角思索。

「認真苦惱午餐該吃幕之內便當或炸雞塊便當的苦學生。這種可愛的煩惱如何呢？」

「……你說……什麼？」

隨後，七節忽然仰望起天花板，一動也不動了。

不久之後，他便像是個靈感降臨的藝術家一般，倏地張開雙目。

「原來如此──原來如此原來如此原來如此！哎呀，原來是這麼回事啊！即使是糾葛，愈無聊愈能確切地呈現這部小說是嗎！沒錯，如果要打個比方——」

七節語帶亢奮地提高了音調。

「雖然有對女孩子的小腿肚感到性興奮的癖好，卻因為害怕同伴會敬而遠之而無法坦誠——便是要將這種儘管滑稽，但對本人而言相當嚴重的苦惱傳達給某人對吧！」

「七節先生，真有您的。」

很遺憾，在場沒有善良的第三者會吐嘈他們說「你們給我等一下」。

追根究柢，何謂呈現了青少年情色糾葛的設計呢？找遍世上，也找不到能夠在這種曖昧要求下設計出東西的人吧。

……唯獨除了七節裕義這個設計師。

雖然令人難以置信，可是這種含糊的比喻正是七節創作慾的能量來源。因此，他的設計才會在眾多書籍當中大放異彩。那充滿獨創性的設計，在業界中甚至被稱為「七節風格」。

只不過，若要舉出缺點……就是由於他擁有個性十足的美感，幾乎所有客戶都跟不上七節的腳步。

但紘絲毫沒有動搖。

「七節先生，我們現在相當接近作品的本質了。我們就這樣不斷提出候選項目吧。」

「知道了！我的點子也無止盡地湧出來了！巳月老弟，這次的作品必定會成為留名輕小說歷史的傑作啊……！」

七節停不下來。他陶醉於自己的世界中，以誇張的肢體動作接二連三地說出想法來。對此，紘時而稱讚、時而修正，一個個記錄在手冊裡。

——討論大概持續了一個小時左右。

將所有點子提供完畢的七節靠在椅背上癱坐著，露出恍惚的表情昂首望向天花板。

「辛苦了，七節先生。您感覺如何呢？」

「呵呵呵……我得跟你道謝才行。鮮少有工作這麼值得一試。我跟你保證，必定會做出符合變態這個詞彙的設計。」

紘的表情已不見緊張神色，看似放心了下來。

「謝謝您。那麼，我想拜託您下個週末提交書衣設計的草圖。」

「這是無妨，不過下次討論可以透過電話嗎？因為工作的關係，感覺我會好一陣子無法回到日本來。」

「您要待在國外嗎？」

「義大利有家電影公司委託我製作海報。果然還是得直接和當地工作人員交流，才能創造出一部好作品呢。」

聽聞這番話，紘不禁感到驚訝。

紘也知道七節是位初露鋒芒的設計師。過去他曾製作過舞台藝術的傳單和美術展覽的廣告，其實力甚至入選了世界級的設計比賽。

然而，這還是第一次由本人親口告知他在工作上的表現。

「……您說電影，那可是一件非常重大的工作對吧？」

「可能吧，那似乎是一個頗負盛名的導演負責的。這陣子來自國外的工作我都推辭了，不過因為這好像很有意思，於是我就接下了。」

這時，七節發現了紘一臉啞口無言。

「發生什麼事，你怎麼露出一副土偶般的表情？」

「沒有……我曉得七節先生您的活躍，而這次讓我再度體認到您真是個了不起的人。我有點不敢置信，自己能這樣和您一塊兒工作。」

「你太誇張了，巳月老弟。不論是輕小說設計或電影廣告，對我而言都是同等重要的工作。我只是想做才做的。」

聽他這麼說，紘對七節的尊敬之情不禁油然而生。

以變態為關鍵字的輕小說設計，和花了莫大製作費的電影設計，對七節來說是不分軒輊的工作。

紘純粹地心想：所謂的專家，或許就是指這種人。

「那麼，感覺我會開始稍微忙碌起來，我就立刻開始著手這次的工作吧……在那之前，我有件事想問問你。」

七節擺出了一副格外正經的表情。

「唯唯羽尋老師的新作有沒有什麼進展呢？很抱歉搞得好像在催促你，但我想盡快閱讀唯唯羽老師的輕小說。」

對了，七節是唯唯羽的書迷——紘如此心想。

七節得知唯唯羽這名作家的契機，是發生在一年又數個月前。唯唯羽出道作的設計，便是由七節擔任。

「七節先生，您很期待唯唯羽老師的作品嗎？」

「真是個蠢問題。這不是理所當然的嗎，巳月老弟？雖然我曾被許多藝術撼動過心弦，卻沒想過會因為小說受到如此巨大的衝擊。尤其她的筆法實在棒透了！」

可能是非常想暢談唯唯羽的小說，七節以歌詠般的口吻說：

「初次閱讀她的作品時，我久違地陷入了極其懊惱的情緒中——憑我的設計，並沒有完整表達出這部作品！唯唯羽老師的作品之深奧，超越了我的靈感！」

這個時候，七節漾著燦爛的微笑說：

「怎麼了，巳月老弟！你在那邊竊笑，感覺很噁心喔！」

「不，我只是沒料到您會如此讚揚那部作品。」

紘掩著放鬆下來的嘴角。他的表情肌平時都處於陣亡狀態，只有在提到唯唯羽的事情會表露情感，因此可說他是個不折不扣的傻哥哥。

「可是，不好意思。唯唯羽老師的小說目前有點難產。」

「這樣嗎……不，抱歉。畢竟是寫出這等曠世巨作的老師，需要花時間構思也是理所當然的吧。」

「……七節先生，我可以問您一件事嗎？」

紘帶著嚴肅語調，詢問七節驟然湧現在心中的疑問。

「唯唯羽老師至今發表的作品都是青春校園故事……倘若類型大幅改變的話，您怎麼看呢？比方說像是奇幻小說之類的。」

「……唔。」

七節將手抵住下頷，進行沉思。

「無論會是什麼樣的作品，我都無所謂。因為那便是唯唯羽老師真正想寫的東西吧？既然如此，肯定會像先前的作品一樣優秀的。」

「……這樣……啊。」

「所以說，如果老師的小說確定要問世，我希望你第一個通知我。」

然而，這句話並未傳入紘的耳裡。取而代之地浮現在他腦中的，是方才那句話。

——那便是唯唯羽老師真正想寫的東西吧？

不知為何，這道聲音一直迴響在紘的耳朵深處，久久無法散去。

▽ 編輯不可或缺的事物

晚間九點。

紘從和七節的討論開始一天的工作，在那之後歷經了多到令人傻眼的會議，還有一如往常地進行原稿及插畫的確認……現在他為了吃晚餐而來到公司外頭。

明明還有堆積如山的工作，卻無法拭去些許疲憊感。儘管如此，能夠正常用餐就算不錯了吧。這是因為忙翻了的時候，甚至有可能整整三天都靠便利商店的零嘴過活。

紘來到某間拉麵店前。他一邊在腦中回想起進度表，思索下一件工作該做什麼，同時拉開門——

「哎呀～真不愧是老師！這點子太棒啦！」

聽見這道傻瓜般的開朗聲音，紘直接僵住了。

一名紘所認識的男性，就坐在正前方的櫃檯區，一手拿著手機在講電話。

他是個五官端正的青年。在淡淡的茶髮襯托之下，給人一種時髦的印象。乍看之下有種輕浮大學生的感覺……然而這份印象卻是大錯特錯。

因為他——賀內亮二是和紘在同一個編輯部工作的編輯。

「好，那麼原稿就照這種感覺ＯＫ！等稿子完成後，我們再找個地方討論吧～不管是酒店還是泰國浴，都由我這邊申請交際費支付！哈哈哈哈哈！」

賀內愉快地笑了一陣子後掛掉手機，而後不經意地看向紘……他那格外做作的表情，看來果不其然是營業用笑容。

他凝視著紘的表情有如進入了聖人模式一般，一臉不滿的樣子。

「嗨，你也出來吃飯喔？都已經進公司四年了還自己一個人用餐，這樣活得開心嗎你？」

「……你還不是一樣獨自一人。況且我是因為工作得比較晚，和別人的時間搭不上。要是能和千千石或其他前輩一起吃，我早就那麼做了。」

紘坐在賀內身旁，向店員點餐。他們倆自此便不再交談。紘原本就是寡言的人，而賀內似乎比起紘更重視手機，目光完全沒有離開液晶螢幕的意思。

雖然賀內今年二十六，比紘大了兩歲，不過他是紘唯一的同期。他在四年前和紘一同被分發到編輯部，而後持續製作著輕小說。

然而，他們倆的交情很差，這是編輯部內眾所周知的事實。

……只不過，這風評是在一年又數個月前固定下來的就是。

「你最近工作怎麼樣？」

擔擔麵擱在了櫃檯上。賀內以此為契機喃喃說道。

「還行。」

「你負責的葛羅莉亞狀況好像不錯嘛。嗯，我也看得出來那部作品會賣。不但符合現今的輕小說市場，正統的發展也打中了國高中生的點。我覺得就你而言算是幹得不錯啦……話雖如此……」

賀內吃著擔擔麵，一臉無趣地說：

「唯唯羽小姐的新作卻是一集腰斬，悽慘落魄地收場就是。那可是搞不好會由我來負責的唯唯羽小姐……你有什麼要辯解的嗎？」

「…………」

這番話令紘尷尬地沉默了下來。

賀內所說的是前年新人獎的事情。

當新人獎投稿作品留到最終評選時，慣例上會由編輯自願提出想要負責的作者。因此，紘理所當然地要求希望是唯唯羽……但還有另外一個編輯指名要她。

沒錯——過去一口咬定紘是種馬編輯的男人，就是賀內亮二。

千千石表示，那時她真的很擔心編輯部會不會發生流血衝突。

期望負責的作者有所重複，本身是稀鬆平常之事。不過，紘和賀內都想成為唯唯羽的編輯而堅持不肯退讓。兩人有時吵架，有時甚至搞到快扭打起來。事情最後在主編的裁量下，以紘擔綱責任編輯而落幕。

「……我覺得對你很不好意思。我都成了唯唯羽老師的責編，卻仍然連一部暢銷作品都生不出來。」

「別跟我道歉啦，那反而會讓我更煩躁。再說，唯唯羽小姐第二部作品做得很不錯。但也正因如此，完全賣不好令人感到遺憾就是……哎呀，該死。光是回想起來我就火大了。你還是跟我跪地磕頭吧，而且要用前所未見的嶄新方式。」

賀內說著亂七八糟的話語，然而紘只是三緘其口。

他也和紘一樣，期盼和唯唯羽一同創作輕小說——一思及此，果然還是令紘感到悶悶不樂。

「真是，虧我都放棄唯唯羽小姐了，最起碼首發也該一口氣賣個十萬本吧。」

「那已經不是『最起碼』的等級了吧，根本是等同於頂級暢銷作品的要求了……」

紘聳了聳肩說：

「你依然念念不忘唯唯羽老師嗎？」

「那當然，她可是我認同的作家……搞不好，這是我第一次因為不得了的新人出現而如此激昂啊。」

賀內吃著擔擔麵說：

「才氣縱橫的小說果然是藏也藏不住的呢，只要看一眼就會令人肅然起敬……真正厲害的小說不是靠技巧或知識這些道理，會自然地讓身子為之一震。」

是錯覺嗎？賀內如此述說的側臉，簡直像是小孩子一般天真無邪。

「如果是和這個人，就能一同打造出或許會令人終生難忘的名作。屆時便會慶幸自己是

個編輯……我是這麼想的，可是現在卻是這種狀況。」

賀內焦躁地搔抓著腦袋說：

「坦白說，從唯唯羽小姐的新作企畫那時我就有不好的預感了。雖然內容較偏向喜劇風格，不過和出道作同樣是青春校園故事。說穿了，這和現今的流行根本不符。」

賀內彷彿感同身受似的懊悔著。

不過，心中更遺憾的人是紘。畢竟最接近唯唯羽的不是別人，正是他。

所以他才會變得有些懦弱吧。

「我說啊，賀內。假設……你成了唯唯羽老師的責編，會想做出怎樣的作品呢？」

「……這個嘛。」

賀內擺出略做思索的模樣。不過，恐怕他先前曾想像過唯唯羽成為旗下作家的狀況吧。

他的回答十分清楚明白，讓人帶有那樣的想法。

「理想是希望她撰寫異世界奇幻故事，而且還是要充滿外掛和後宮的作品。在我的心目中，這是最不會看走眼的類型。」

「…………」

「紘，你剛剛一定覺得這太亂來了對吧？」

「不，倒不是那樣……」

實際上，紘一丁點也沒有那種想法。他和唯唯羽所構思的下一部作品，就正是異世界奇幻故事。

正因為如此，紘開口詢問賀內，自己心中所抱持的不安。

「但即使說恭維話，唯唯羽老師也不是個擅長配合讀者喜好的作家。或許也有可能會寫出令人不忍卒睹的作品——」

「我認為這也無妨……如果你也是個編輯，應該明白吧？我們該做的，是賣得掉的輕小說啊。」

賀內斬釘截鐵地說道，彷彿冷冷地駁斥了紘的懸念。

紘不禁為他堅定不移的嗓音而畏縮。

「不用說，要是能成為有趣的作品是最好的。不過首先得打造出一部讓讀者願意閱讀的作品，不然後面都沒戲唱。無論會成功或失敗，都必須先站上賽場才行。就這層意義來說，唯唯羽小姐一集就結束的新作糟糕透頂了。」

賀內的口氣一如往常地嚴厲。可是紘卻無言以對。

因為身為一個編輯，賀內的話語是正確無誤的。

「假如我成為責編，唯唯羽小姐八成不能像至今一樣隨心所欲地寫小說。不過啊，縱使套入同一個框架內，會自然而然流露出來的便是作家的個性，同時也是實力。所以現在應當將銷售視為第一要務，之後再去寫《在我和妳之間》這樣的小說也行。就結果而言，這樣會讓更多人願意閱讀。」

這番話表現出賀內亮二這個編輯的心態。

賀內最重視的就是名為銷量的顧客滿意度。

為了創造讀者願意購買的作品，他徹底地迎合市場。這段話闡述著一件事實，就是他在這一年有八成以上的作品皆為異世界奇幻故事。

而身為編輯——留下了較多成績的，毫無疑問是賀內。

賀內手上再版過的負責作品遠比紘來得多，即使和編輯部的前輩相比也毫不遜色。主編也很欣賞他的手段，甚至傳說他榮登副主編寶座也是早晚的問題。

賀內本身也對這份實力有所自負吧。他帶著銳利眼光說：

「所以，老實說我對現在的你很失望。因為你就這麼讓唯唯羽小姐默默無聞，害她備嘗辛酸滋味。」

「……我對唯唯羽老師感到很抱歉。她的作品會在腰斬的狀況下結束，都是我這個編輯力有未逮的關係。」

這是紘毫無半分虛假的真心話。

……不過，他無法同意賀內下一句話。

「如果你當真覺得自己很沒出息——可以把唯唯羽小姐讓給我嗎？」

「抱歉，這我拒絕。」

「……居然秒答喔。給我稍微猶豫一下啦。」

賀內毫不掩飾地咂了個嘴。但即使如此，紘也依然堅持己見。

其他編輯成為唯唯羽的責編——這種事他當然是千百個不願意。

「我自認明白你內心的不滿。不過，我的心情和那時一樣，完全沒有變……我想和唯唯羽老師一起創造作品。」

「只要你做出成績，我也會認同你這番話。但這樣下去，唯唯羽小姐也只會繼續被埋沒……我可不一樣。我可以讓更多讀者認識到唯唯羽小姐的作品。」

「……你這麼替唯唯羽老師著想，我打從心底感到高興。可是——」

紘平靜地開口說道。

他的嗓音好似蘊含著決心般低沉。

「我也和你一樣……迷上了那個人的小說。」

紘正經的口吻，令賀內噤口不語。

「你會著急也是無可奈何的。可是，能不能拜託你再稍微觀望一下呢？……我一定會實現我和唯唯羽老師的理想。」

「……哼。」

賀內一臉無趣似的喝光了碗裡的湯，而後說：

「紘，嘴上要怎麼說都行。如果你也是個編輯，就用編輯的方式證明給我看吧……給我做出能夠盡可能賣出去的書。這就是我們的工作。」

他們彼此都沒有出言道別。賀內看也不看紘一眼，逕自離去……隨後，疲勞一鼓作氣地湧上來，紘抬頭仰望著天花板。

每次和賀內見面都會這樣。他們兩人都打從心底迷戀著唯唯羽，所以會互不相讓、固執己見，導致格外消耗體力。

「……傷腦筋，之後還有工作要做耶。」

紘喃喃開口，這才驚覺到，應該已經過了好一段時間才是，但麵條極硬的大碗紅味噌拉麵仍不見蹤影。他納悶地轉移視線——

「……啊——」

一名青年在廚房裡端著拉麵，掛著一臉尷尬的笑容一動也不動。

多半是無法介入紘和賀內之間那股劍拔弩張的氣氛吧。

凌晨十二點。

趕上末班電車的紘打開自家大門，於是看到穿著便服的唯唯羽，正在起居室面對活頁簿構思著企畫。

之後可能是注意到紘了，唯唯羽抬起頭露出淺淺一笑。

「歡迎回來，哥哥。」

紘的一天始之於唯唯羽，終之於唯唯羽。

唯唯羽這樣的一句話，讓紘終於實際體會到下班了。

「妳在寫企畫書嗎？明明今天還得去上學，真了不起耶。」

「嗯。我在用霧島老師教我的方法。你看這個。」

紘進門之後，拿起了唯唯羽遞出來的活頁簿。上頭列舉著好幾項點子，纖細圓潤的字跡很有唯唯羽的風格。

第一，轉移至異世界的少年成為軍火商的故事。第二，流行騎龍比賽的異世界故事……就像這樣，裡頭是以簡單的條列式呈現。

粗略一看，其數量大約有三十項。

好少喔──紘在內心呢喃道。

「什麼都行，想出三百個一句話便足以作為小說核心的點子，再從當中嚴格篩選出幾個來擬企畫……雖然霧島老師說得容易，可是實在非常困難。一個不留神，會淨是想出類似的東西。」

唯唯羽所說的恐怕是這個「中年大叔成為騎士的故事」，還有「中年大叔撿到聖劍的故事」吧。紘完全無法理解，為何她會這麼執著於中年大叔。

「這樣啊……不過，妳有一點一滴向前邁進，不是嗎？」

紘毫不害臊地摸著唯唯羽的頭。

唯唯羽也一副天經地義般的樣子接受紘的行為。在紘撫摸之下，她舒服地瞇細了雙眼。

那副模樣，簡直像是跟主人撒嬌的貓咪一樣。

碰觸著唯唯羽蠶絲般的秀髮，紘同時不經意地低頭看向活頁簿。

在這麼多的點子當中，或許沉眠著有機會成為唯唯羽作品的原石。他們將以此為基底擬定企畫、帶進會議討論、完成原稿、搭配負責的插畫家和設計師、陳列在書店——

最後……賣得掉嗎？

世上的作家和編輯皆抱持共通的不安，在紘的心中萌芽了。

賀內在拉麵店所闡述的主張「給我做出能夠盡可能賣出去的書」，紘認為這是真理。這番話聽來刺耳，但暢銷作品換言之便是能讓許多讀者感到有趣的作品。

但願能夠讓更多人閱讀到自己手上的小說——這是紘在編輯這個職業所感受到的工作價值，一種類似原始衝動的情緒。

不論是誰，都會很想大肆向別人推銷自己喜歡的作品，所以才會想要硬是把作品借給人家。即使對方一臉興趣缺缺，也想闡述那部作品有多麼美好——紘認為，這不就是編輯的本質嗎？

依照自己的表現，有可能將那部作品推廣給一萬人、十萬人，甚或一百萬人。而且還是一部有趣到亟欲對他人述說，但搞不好世上只有自己一個人在看的小說。

紘是在做審稿打工時初次抱持這樣的想法。記得沒錯的話，履歷表的應徵動機上頭也有這麼寫才是。

紘不清楚這份動機是否成了被分發至編輯部的臨門一腳。只不過，要實現當時那個希望許多讀者閱讀作品的心願，他這個編輯還是太嫩了。

唯唯羽的作品別說是一百萬人，就連一萬人都沒推廣到。正因如此，那部小說才會以腰斬的方式作結。

說不定——紘心想。

自己對於唯唯羽來說，並不是一個好編輯——

「……？」

這份思考，在肩頭忽然感受到的溫暖之下煙消雲散了。

一看，是唯唯羽依偎在紘的肩膀上打盹。紘敲了敲唯唯羽的頭後——

「啊……抱歉。我有點睏了。」

「既然這樣，妳要不要先去洗澡？我在妳之後洗也沒關係。」

「……嗯。謝謝你，哥哥。」

留下這句話，唯唯羽便搖搖晃晃地走到浴室去了。

等到看不見唯唯羽的身影，紘便使勁地拍打自己的雙頰。

現在就努力地讓唯唯羽的小說盡量變得更好吧。等她洗完澡之後，自己也去把身體洗乾淨，再把襯衫塞進洗衣機裡，而後盡情地大睡特睡。

然後，明天也要賣力工作到精疲力竭的地步。

第二章

這就是成為一個好編輯的第一要件。

七節裕義

Nanahushi Yugi

年齡：28歲

身高：180cm

興趣：旅行

絕活：設計別人的簽名

喜歡的事物：所有玩心十足的東西

不喜歡的事物：受成見箝制的人

自由平面設計師。
擁有藝術家氣息及獨特美感，在討論當中經常使用常人難以理解的形容方式。多虧如此，成品常會做得和客戶的要求大相逕庭，導致工作案件相當稀少。不過，只要明白怎麼應付，他便會提供高品質的工作成果，因此有許多編輯偏好和他合作。

Showing Love to My Little Sister is an Important Task.

賀內亮二

Kauchi Ryoji

年齡：25歲

身高：175cm

興趣：鑑賞音樂

絕活：僅憑音調
便能看穿對方的心情

喜歡的事物：職業意識強烈的作家

不喜歡的事物：家人

和紘同期進公司的編輯。
為WF文庫J首屈一指的幹練編輯，也有許多作家從他負責後便開始活躍。擁有銷量至上主義的一面，一旦認為企畫的成功率不高，便會抱持堅定不移的意志駁回。過去曾為了唯唯羽的事而和紘對立過。原本他們倆在編輯的理念上就合不來，這件事之後兩人的鴻溝似乎又加深了。

Showing Love to My Little Sister is an Important Task.

編輯部內部裝潢

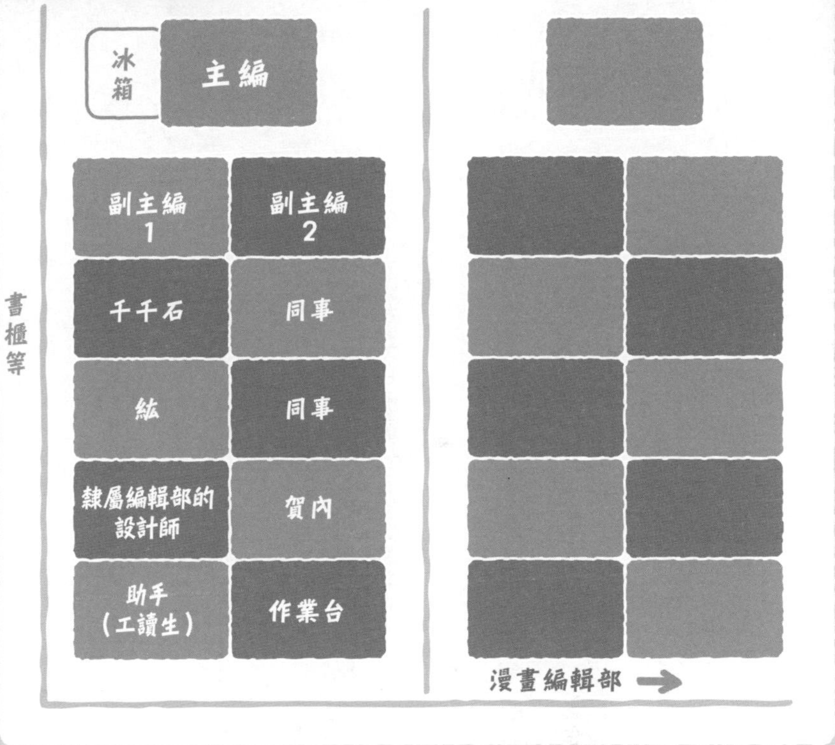

書櫃

主要收著WF文庫J的輕小說。多達數千本的作品，以及相關周邊陳列在此的景象只能說精彩絕倫。由於會拿出來當作簡介或書腰標語的參考，編輯都很重用。

主編的桌子

編輯部的權威——主編的桌子。公司資料和參考文獻到處都是，總之亂成一團。那副模樣彷彿小宇宙似的。沒能好好收拾整理便是忙碌的證據……我想是的，大概。

作業台

編輯用來確認原稿狀態，或是處理雜務的空間。有時他們會在此和印刷廠的人針對進度而交涉，那時便會化為一座小型的戰場。

編輯的桌子

編輯幾乎整天都在這裡工作。有些桌子會裝飾著小東西或寵物的照片，能夠稍稍觀察出每個編輯的性格。其中也有使用胸部滑鼠墊的強者，但基本上許多編輯都是同道中人，因此鮮少會在意。

冰箱（主編桌子的隔壁）

裡頭放了零食和飲料，用以稍作休憩。因為是編輯們共用的關係，東西得寫上名字，不然被拿走也無從抱怨。由於所有編輯都在使用，一旦到了年底之類進度繁忙的時期，似乎就會變得亂七八糟。

第三章

▽ 就連大名鼎鼎的夏目漱石也曾守不住截稿日

那天，紘一如既往地面對著電腦，內心的紛擾卻完全無法止歇。電腦螢幕上頭映著編輯部的官方推特帳號。紘目前正在執行促銷業務，發推的內容精神百倍地寫道：「八柳琉太老師的戀愛喜劇新作《就說別叫我變態了！》好評上市中！各位紳士同胞，請務必參考選購！」

然而——

和亢奮的字面恰好相反，他本人浮現出宛如死人的表情。

「……那……那個，巳月前輩？」

千千石注意到紘的異狀，從隔壁位子上提心吊膽地說：

「你該不會是在生氣吧？」

「妳這番話還真有趣，千千石。我才沒有在生氣，完全沒有。我可是一丁點怒火都沒有喔。」

「抖著腳這樣說，也毫無說服力就是了……」

紘抖個不停的膝蓋忽然停了下來。

「……我真的不是心情不好，只是擔心罷了。」

讓紘如此坐立不安的元凶，其實很簡明扼要。

這是因為，禮彌沒有遵守兩週前的討論所告知的，《閃鋼的葛羅莉亞》第七集改稿的截稿日期。

不妙，這實在非常不妙。

剛開始幾天，紘還能從容地心想「總是會有這種事嘛」，但左等右等依然等不到完成的原稿……就這麼過了一個星期。

而紘在前幾天告知禮彌：明天晚上，是真正的最終防線（Dead Line）。

可是——他卻仍未收到禮彌的原稿。

「前……前輩！桌子……桌子會壞掉的！」

紘劇烈地抖著膝蓋。

下集預定出書日既已公告，萬一在此拖過了截稿日——那麼將會延期。

「……你在惶惶不安些什麼啊？還有時間吧。」

紘出言鼓勵自己，而後埋首於工作中試圖抹去那份不安……但很遺憾的，他的振奮之舉以徒勞無功的結果收場。

因為，紘在之後一直撐到了末班電車的時間，禮爾卻未曾稍來聯繫。

正要下班時紘還打了好幾通電話，不知為何禮爾都沒有接……如此一來，紘能做到的就只有回家祈禱趕得上截稿了。

幸好明天是星期六放假。今晚就熬夜等禮爾聯絡，一拿到稿子便隨即開始確認吧……紘如此決定後，打開了公寓大門。

率先迎接紘的是，神色七上八下的唯唯羽。

「歡迎回來，哥哥……怎麼了？工作很操勞嗎？」

「果然看得出來嗎？」

「……哥哥，你看起來非常疲倦。」

唯唯羽的表情流露出一抹憂鬱，不曉得心裡頭有多麼擔心。

將包包交給唯唯羽，紘坐到桌子前面。今天一整天的疲勞一個勁兒地湧了上來，一股倦怠感侵襲而來——這時唯唯羽忽然輕輕地拉著他的肩膀。

紘的後腦杓就這麼直接在唯唯羽的大腿上著陸。

「……唯唯羽？」

突如其來的腿枕令紘感到困惑，而唯唯羽則是面帶微笑地低頭俯視他。

「哥哥，謝謝你總是辛勤工作到這麼晚。我只是想要讓你稍微休息一下……不行嗎？」

唯唯羽溫柔地撫摸著紘的頭。後腦杓所接觸到的大腿實在太過溫暖、太過柔嫩了，讓紘的心中彷彿洋溢著被繭包覆似的舒暢感。

紘決定就躺十分鐘。

唯有在這段時間裡，暫且忘卻自己身為編輯，以一名兄長的身分向妹妹撒嬌吧。

「……謝謝妳，唯唯羽。從明天起，我可能會忙到翻過去，所以有點身心俱疲。」

「……是這樣……呀。」

唯唯羽露出迷惘的苦澀表情，紘則是盡可能地溫言軟語問道：

「怎麼了？發生了什麼事嗎？」

「……其實呀，我有事情想找哥哥商量。」

然而，唯唯羽卻浮現出略帶猶豫的笑容說：

「但還是下次再說吧。哥哥看起來很累了。」

「這樣嗎？……抱歉，讓妳操心了。不過多虧了妳，感覺我這次也能度過難關。因為總是有妳在慰勞我啊。」

「這是當然的呀，我是你妹妹嘛……所以工作加油喔。我也會努力寫小說的。」

等這段幸福無比的時光過去，紘又得再次以編輯的身分奮戰了。

看來今晚得在家熬夜工作了。雖然在意禮禰的事情，但也不表示其他工作會自動消失。

不但得確認其他作家的原稿，收集輕小說和漫畫的資訊也是不可或缺的。當然，堆積如山的事務工作也——

第三章

至此紘決定不再思考。因為他的頭開始痛了。

天亮了。

窗外的天空染上朝霞，街道漸漸地甦醒……不過，紘早已起床了。應該說他根本未能入眠，所以這也是理所當然的。

不過，即使如此——他仍然沒有收到禮爾的原稿。

「……拜託了，禮爾。」

紘帶著懇求神明保佑的心情，緊握著手機。

他相信唯有禮爾不會逃避小說……所以，萬一她沒接電話，往後紘可能一輩子都無法信任唯唯羽以外的作家了吧。紘也不想抱著厭世心態編書。

他以震顫的手指開啟通訊錄……就在這個時候——

——叮咚～♪

「……嗯？」

聽到門鈴聲，紘抬起了頭來。

居然這麼早就有客人——紘僅在一瞬間懷抱疑問。今時今日會來拜訪紘的人，在這世上就只有一個。

「——是禮爾嗎？」

紘倏地衝了出去，並將門打開……然而——

「禮——」

禰——紘維持這樣的嘴型，身子像石頭一般僵住了。

映入他眼簾的是——眼神死氣沉沉地不斷按著門鈴的霧島禮禰。

——叮咚～♪……叮咚～♪……叮咚～♪

禮禰維持著一定的節奏，分毫不差地一直按著門鈴。她大概熬夜了一段日子，表情已精疲力盡。小朋友看見這幅驚悚的光景，會嚇得嚎啕大哭吧。

「……禮……禮禰？喂，妳振作一點。」

紘連忙搖了搖禮禰的肩膀。這時，禮禰回過了神，瞪大雙眼說：

「啊……紘……紘。對不起，我太晚跟你聯絡了。」

「不，沒關係。有跟我聯繫就很好了……我很擔心妳喔。昨天打給妳也完全沒接。」

「……真的很對不起。我是剛剛才發現你有來電。那個……昨晚我有點狀況，無暇顧及其他事情。」

「……什麼狀況？」

「……我的筆電過熱當機，完全沒反應了。」

這個瞬間，紘的腦中浮現出美侖美奐的花園。

隨後，紘的全身上下噴出了冷汗來。

「那……那原稿呢？稿子平安無事嗎？」

「是……是的，那倒沒事。我有將檔案移到ＵＳＢ隨身碟了。後續改稿我也有利用這個，所以姑且還寫得下去。」

禮爾從包包拿出來的，是一部外型比筆電小了一圈的機器。

紘對這東西有印象。記得那是專門記錄文章用的數位打字機。其產品名稱近似於某種犬隻（註：意指Pomera，和博美犬Pomeranian相近），紘在做審稿打工時也常常運用它。

「當電腦一動也不動那時，我有向上天祈禱地球要不要乾脆滅亡算了，不過幸好有慎重起見地帶上它。我從國中之後就沒有再使用了，所以有點懷念呢。」

「現在可不是沉浸在回憶的時候了。禮爾，妳老實回答我……原稿的進度怎麼樣？」

「……對不起，可能還會花上一點時間。」

禮爾表示，這次稿子的高潮場面，她怎麼也無法接受。

即使主角獲得勝利，也感受不到情緒的發洩。不論重寫了多少次，她自己都感覺得到冷場。因此，她希望紘准許進行大幅修正——這便是此次改稿當中最大的重點。

「不過，我有個點子想嘗試看看。所以我將高潮部分的戰鬥場面全都作廢，從昨晚開始就在重寫了……」

「……原來妳在重寫啊？」

「……果然還是不行嗎？畢竟截稿時間已經過了嘛。」

不是那樣的。禮爾捨棄了自己所寫的文字，紘為這個大膽的改稿行徑感到吃驚。文稿可是作家絞盡了自己的經驗、知識、時間和熱情所催生的，她居然如此灑脫地放棄掉。

……不過從作家的角度來看，或許是合情合理的。

如果推出了需要找藉口解釋的小說，最痛苦的會是作家本人。作品會長長久久留在這個世上，表示作家也會永遠放不下對作品的不捨及後悔。

「……嗳，紘。我身為一個作家，說出這種話或許是不對的。可是呀，我想要再稍微修改一下稿子——」

「妳不用繼續說下去了……今天有辦法完成嗎？」

「……如果這樣你能夠接受的話。」

既然如此，那就決定了。

進度表已經出了紕漏，這樣會給各個單位的人添麻煩吧。儘管紘內心感到過意不去，唯有延期上市這件事絕對要避免。

無論如何，都得在明天以前讓禮爾完成稿子。

「沒辦法用網路很不方便吧。不嫌棄的話，要不要在我這兒寫呢？」

「嗯。我也是有此打算才造訪你的公寓……謝謝你，紘。我腦中淨是在想，搞不好已經開天窗了呢。」

「禮爾，這妳就錯了。」

紘也知道自己很冷漠。

即使如此，他仍竭盡全力地露出笑容說：

「決定是否開天窗的人不是作家，而是編輯。我們編輯要做的，就只有掙扎到作家完成原稿為止……鼓起幹勁吧，禮爾。」

「……好的，我知道了。」

▽ 腥風血雨的前兆

距離換日這個時限還剩十八小時。

禮爾一進到起居室，便拍拍雙頰鼓舞自己。

「我不能再繼續失態下去了……我一定要完成原稿給你看。」

「嗯，拜託了……不介意的話，要不要去沖個冷水澡？昏昏欲睡地動筆也很痛苦吧。」

「也是。我的腦袋有些茫茫然的，就借個浴室——」

這時，禮爾的身子忽然僵硬了起來。

「……我姑且確認一下，淋浴是在浴室對吧？平時你泡澡或清洗身體用的那間。」

「我反倒還想請妳教教我除此之外的用途呢，就是那間浴室。」

「……免了。我還是洗把臉就好。」

「……我看起來有那麼骯髒嗎？」

「當然是因為害臊呀！這點小事你也該懂吧！」

不顧似乎很受傷的紘，禮爾氣呼呼地離開了起居室。

「……真是個奇怪的傢伙。」

紘喃喃說道，而後打開了自己的筆電。

說時遲那時快——

「——呀啊啊啊啊啊啊啊啊啊啊！」

禮爾的尖叫聲從浴室傳來。紘瞬間吃了一驚，隨即衝向浴室。

只見禮爾呆立在更衣室中。

「怎麼了？」

禮爾並未出言回覆紘的話語，而是戰戰兢兢地指著一個地方。

她所指的是設置在浴室裡的浴缸。

一絲不掛的唯唯羽，一臉安詳地躺在裡頭。

「唯唯羽！」

該不會是昏倒了吧——紘露出無比慌張的表情，打算拿手機出來叫救護車——

「——嗯……」

唯唯羽的口中流洩出甜美的呼息。

不久之後，唯唯羽稍稍張開了眼睛，並坐起身子。她以迷茫的眼眸凝望著紘說：

「……早安，哥哥。」

紘全身脫力，當場癱倒在地。

「……怎麼了？」

「……因為妳倒在這種地方，我們想說是不是發生什麼意外了。」

「是嗎？……抱歉，讓你們擔心了。」

「不，沒關係。幸好妳平安無事——真的太好了。」

紘深深地吐了口氣，寬心下來。

「總之先出來吧。到外面再告訴我們來龍去脈。」

唯唯羽點了點頭，握住紘伸出來的手。

兩人離開浴室，發現禮爾在那兒一臉不悅地交抱雙臂。

「我想問你一件事……唯唯羽現在赤身裸體對吧？我覺得有什麼應當採取的反應，你不認為嗎？」

紘一臉詫異地將目光移到唯唯羽身上。

再次一看，那副身軀真是純淨無瑕。雙峰說不上豐滿，四肢纖細到感覺一碰就會折斷。

儘管不會湧現情慾，卻有一股憐愛之情策動著自己，讓人想盡情愛撫唯唯羽。這副可愛的模樣，讓紘的腦袋湧現了陶醉感。

紘脫口說道：

「妳真美，唯唯羽。」

禮爾衝出了浴室。一會兒後，她緊握著捲成棒狀的原稿，高高舉起。那八成是在紘的房間找到的東西吧。

磅——！她毆打了紘的臉。

「很痛耶。」

「少囉嗦！你怎麼一副若無其事的樣子呀！」

禮爾一臉泫然欲泣，奮力揮動著她剛裝備的原稿神劍。

「既然你也是輕小說編輯，應該明白吧！和女孩子在浴室撞個正著，一般來說會感到害羞吧！打死也不能超然地說出『妳真美』呀！」

「可是，唯唯羽是我的——」

「你想說她是你妹妹吧？好好好，我知道啦！真是的，戀妹癖究竟要掛哪一科才治得好呀……？」

紘傷腦筋地抓了抓頭……這時忽然發現。

不知不覺間，唯唯羽跑到了更衣室一角，雙手掩胸縮成一團。

「怎麼了，唯唯羽？身體不舒服嗎？」

「……不是。只是我不曉得霧島老師在這裡。」

唯唯羽羞紅著臉蛋，喃喃低語：

「乾癟的身材被她看到，讓我很害羞……」

「不該是我，而是給我在紘的面前感到害羞呀——！」

見到禮爾拿原稿神劍敲打洗手台，唯唯羽淚眼汪汪地吃了一驚。

她瑟瑟發抖的模樣，正像是畏懼於野狗的小貓。

為何唯唯羽會像是躺在棺材裡入睡的白雪公主一樣，在浴缸裡打盹呢？

要知道其根本原因，得將事情回溯到五天前。

「……妳真的在十天之內想出了這麼多的點子嗎？」

看到活頁簿上滿滿都是字，甚至到了一片漆黑的地步，紘一整個呆住了。

紘所眺望的是唯唯羽的點子集，裡頭的東西有可能成為她的企畫。

其數量確實有四百個。

驚人的是，唯唯羽的主意超過了禮爾所宣告的三百這個數量。

「就算只有些許，我也想追上霧島老師……我心想，光是照著她所說的做可能不行，就試著稍微增加了一點。」

唯唯羽一副累癱的模樣，不過卻很開心地微笑著。

「像是在搭電車時或上課中，除了睡覺以外我應該一直都在構思點子。雖然很辛苦……但我想盡快和哥哥一起創作小說。」

一定也有些日子文思枯竭，或是思緒跳脫不出迴圈才是。然而，唯唯羽並未因此死心斷念，而是思索著。

「……妳真的很厲害耶。」

聽聞紘這句毫無恭維色彩的話語，唯唯羽羞澀地點了個頭。

「然後，我照霧島老師的吩咐，從這當中選了幾個出來。哥哥你剛下班應該很累了……但可以幫我看看嗎？」

「嗯，那當然。」

紘大致瀏覽了一下……之後忽然納悶地瞇細了雙眼。

活頁簿最後幾行黑黑糊糊的，簡直像是粗魯地把寫好的文章擦掉似的。

八成是唯唯羽主動廢棄掉的點子吧——紘在自己心中如此理解，而後說：

「我知道了。到明天早餐時間前我會選一個不錯的出來。之後再麻煩妳開始寫詳細企畫書。我想想，截稿期限就訂在——」

「——就是五天後的今天，是吧。」

禮爾一邊利用數位打字機改稿，同時說道。

坐在她正前方的唯唯羽惶恐地開口：

「是的……可是我卻遲遲難以下筆。我原本想在昨天告訴哥哥，或許趕不上了。」

唯唯羽緊緊摟住了自己的雙膝。

「不過，我還是決定努力到最後看看。我從昨天開始就一直在寫企畫書。」

「……原來如此。所以，妳是在浴室沖澡沖到昏昏欲睡，忍不住睡在浴缸了，是嗎？」

「……沖了那個溫水澡是個錯誤。」

可是，真沒想到連唯唯羽都在熬夜。昨晚紘工作的時候唯唯羽應該也在寫企畫，但他們彼此都沒有發現吧。畢竟兩人都因為睡眠不足累到軟趴趴的了。

……一思及此，紘忽然注意到。

唯唯羽一副有話想說的模樣瞄著禮爾。

「怎樣啦，妳有話想對我說嗎？……如果妳是在介意我的個性，很抱歉這樣才是我的本性。創作講義那時我只是在惺惺作態罷了。」

「——不是……那樣。您的個性也讓我嚇一跳沒錯……您現在正在撰寫的是葛羅莉亞的最新刊對吧？」

面對一臉狐疑地瞇起雙眼的禮爾，唯唯羽擠出了僅有的少許勇氣，開口說道：

「……原稿請多加油。我很期待您的作品。」

講完這番話，唯唯羽隨後便稍稍做了個勝利姿勢。大概是很開心這次沒吃螺絲，順利說了出口吧。

看到這樣的唯唯羽，禮禰僅是目瞪口呆。

「那麼哥哥，我回房去了。我可不能打擾霧島老師。」

「關於這件事，唯唯羽。妳有沒有在這兒和禮禰一塊兒寫的意思？」

唯唯羽和禮禰兩人同時僵住了。

先開口的人，是眼神直愣愣的禮禰。

「……等一下，你那話是認真的嗎？」

「前提是要妳們願意就是了。畢竟我們幾個最近都不斷熬夜，就三個人互相監視這層意義，我也希望唯唯羽留在這兒……要是妳的稿子在這裡開天窗，書本就當真要延期上市了。唯有這件事，無論如何都要避免。」

這次可不是一般的截稿情況。萬一不幸延宕了，不僅會背叛讀者的期待，還有可能會被唾棄，從此再也沒有人願意看這部作品——甚至有機會發生這種狀況。

「眼前有個作家在，禮禰妳說不定也能奮發起來吧？當然啦，得要妳不介意才行。」

「……………」

禮禰一副心不甘情不願的樣子緘默了下來，不曉得是否接受了紘的建議。

將這份沉默視為肯定，紘開口問唯唯羽：「妳覺得呢？」……然而，她卻是杵在那邊紋風不動。

或許這也是無可奈何的吧——紘心想。

唯唯羽以為自己在創作講義時惹火了禮爾。

她們倆像這樣子碰面，應該是創作講義之後的第一次。兩人的關係還是很僵吧。

儘管知道現在不是那種時候……搞不好她們能趁這個機會交好——紘的心中略微萌生出這樣的期望。

唯唯羽舉棋不定地交互看向紘和禮爾。

「……嗯。既然哥哥這麼說，我會試著努力。」

紘在場一事恐怕也成了助力吧。唯唯羽到自己的房間拿出筆電，和禮爾正面相對而坐。

紘覺得，真是一片不可思議的光景啊。

一邊是謠傳可能會成為下任一姊的暢銷作家，另一邊則是仍未體驗過再版經驗的新人作家——這兩人在同一個空間裡撰稿。

「…………」

唯唯羽悄悄窺視開始寫稿的禮爾。她似乎想說些什麼，稍稍張開了嘴——然而，她就這麼一臉寂寞地沉默了下來。

她應該是想打招呼，卻被禮爾的冷漠氛圍所吞噬，導致一句話也說不出口。一定是的。

▽ 有作家存在的風景

寫小說這個行為就像一個人炸牡蠣——究竟是誰如此形容的呢？（註：語出作家村上春樹）

紘想不起來，不過他記得這是在比喻寫作是種孤獨的工作。

紘會帶有這種念頭，契機肯定是來自於眼前的少女們吧。

這是因為，唯唯羽和禮爾都彷彿從世界中獨立出來似的，專心致志地面對著小說。

「…………………」

她們彼此完全沒有閒聊，就只是不斷重複著凝視畫面深思，而後像是回想起來般敲打著鍵盤這樣。

這份緊湊感令人窒息，好似在水中一般。

只不過，這也是極其正常的吧——她們是作家，而目前正在寫稿。沒有比這個瞬間還令她們認真的狀況了。

可是，紘對此感到很焦躁。雖然他明白沒有自己介入的餘地，但只能像這樣在一旁觀望令他焦急萬分。

「嗳，紘。」

或許正是因為如此，聽到禮爾呼喚的紘綳緊了神經說：

「怎麼了，有事情要找我商量嗎？只要能夠幫上忙，不論什麼問題我統統都會協助，所

以不用客氣儘管說吧。」

「我正在寫利薇亞拿重型武器掃射的場面，可是沒辦法好好描述出來，你可以當場被格林機槍轟成蜂窩嗎？」

「抱歉，無法。」

「這樣。」

禮爾很乾脆地放棄，打算再次回到小說的世界中……但大概是專注力耗盡了，她吐了口氣後蓋起數位打字機。

「辛苦了，禮爾。進度如何？」

「坦白說，我感覺時間格外短暫。八成是因為即將截稿而焦慮吧……不過，稿子本身並不壞。說不定我和數位打字機比較合拍呢。」

這番話應該不假。禮爾的表情雖瀰漫著疲憊，卻很開心的樣子。

那麼唯唯羽如何呢——紘轉過視線去……一看到那片光景，答案不言而喻。

唯唯羽緊盯著畫面，像個洋娃娃般靜止不動。儘管乍看之下面無表情，可是紘明白——她正在苦惱。因為企畫無法盡如己意地進行。

「唯唯羽，要不要休息一下順便吃點東西？時間也差不多了，而且空著肚子腦袋會轉不過來喔。」

「……嗯。」

唯唯羽雖然頷首同意，卻沒有起身行動的跡象。

晚點再說吧——當紘如此心想時，唯唯羽的口中吐露出有如獨白的話語。

「……哥哥。拜託你做平常的那個。」

「……平常的？」

禮爾歪過頭感到不解，但紘似乎光憑這句話就理解了一切，他從冰箱裡拿出點心——那是在超商等地方所販賣的，一口大小的生巧克力。他將巧克力裝盤，並準備好叉子後——

看來禮爾在此時察覺到紘打算做什麼了。

「等一下。紘，你該不會——」

「唯唯羽，啊——」

「……嗯。啊——」

唯唯羽稍稍張開了嘴——直接一口把紘遞出來的巧克力吃掉了。

「…………………………」

簡直像是情侶在調情一樣的光景，令禮爾整個人都看傻了。

這段期間紘也一直在旁觀望吃著巧克力的唯唯羽。他的眼神就像是疼愛親生女兒般的慈祥，毫無羞赧可言。

之後，禮爾像是努力擠出這句話似的說：

「……紘，你在做什麼？」

「嗯，妳說這個嗎？」

紘若無其事地轉頭看向禮禰。

「如妳所見，我在餵唯唯羽吃巧克力。既然作家想寫稿，那麼身為編輯我自然會想盡全力支援……有那麼奇怪嗎？」

「……喔，這樣。原來你沒有自覺呀。嗯哼。」

語畢，禮禰的臉上浮現出近乎不自然的燦爛微笑。

「嗯，這也無妨啦。畢竟我也曉得你們的感情非常好。」

禮禰維持著燦笑，嗯嗯嗯地連連點頭。

「不過我想跟你確認一件事……你會那麼做，是因為你身為編輯，而唯唯羽則是你旗下作家的關係，對吧？」

「……嗯，是啊。就某種意義來說，這也是編輯的工作。」

「能聽你說出這句話就夠了。」

變化來得相當突然。

禮禰一臉威風凜凜的表情打開數位打字機，彷彿像是做出了什麼覺悟一樣。

「我剛剛決定了，我也要來繼續寫稿。所以——就表示我也有請紘餵食的權利對吧？」

「……啥？」

紘吐露出呆愣的聲音，同時唯唯羽停下了咀嚼的嘴巴。

「仔細想想，現在可不是悠哉吃午餐的時候了呢。距離截稿只剩十二小時，腦中浮現靈感之際不該停止寫作——寫不出來的焦躁感，我可是極為清楚呢。」

「呃，不……妳有那份心我很高興，可是……」

紘轉頭望向唯唯羽，動作僵硬到幾乎都要發出輾軋聲了。

「…………」

唯唯羽略低著頭，以懇求的目光凝視著紘。

你不會……那麼做對吧？……唯唯羽的眼眸中確實表達了此種想法。

「聽好了，禮爾。剛剛會那麼做，也是因為我和唯唯羽是兄妹。這種事情原本應該是情侶之間在做的——」

「我呀，希望編輯無論是對任何作家，都能夠一視同仁。」

禮爾望向唯唯羽，對紘開口說道。

「假設你在和兩名作家進行討論好了。一邊是暢銷作家，所以熱情以對；另一邊是賣不好的作家，所以隨便應付……我不希望你抱有這種私心。既然你是個編輯，就應該公平對待每個作家才是。」

的確，紘也明白禮爾的主張。

由於編輯也是一份工作，對作家自然會有所謂的優先順序。然而，既然所有作品都要陳列在書店當中，若是不認真面對每一位作家，那便是在侮辱讀者。最起碼紘是這麼想的。

不過，話雖如此——

「所以說——既然你要餵唯唯羽，那麼就得同樣地餵所有作家才對呀！」

太不講理了——紘在心中放聲大喊著。再說，照她這個道理，紘也必須餵八柳吃東西才行。雖然對八柳不好意思，但紘有信心會空虛得消沉三天。

……然而，身為編輯的另一個自我，認為禮禰的話有道理而頷首同意。

實際上，可不能讓《閃鋼的葛羅莉亞》延期上市。假如只要自己忍受著羞恥，便能讓禮禰的稿子多少有些進展的話——

「……好，我接受妳的請求。唯唯羽，這樣可以嗎？」

「……嗯。為了霧島老師，我會忍耐。」

說是這麼說，但唯唯羽臉上卻露出一副彷彿世界末日的表情。

「……那麼，拜託了，紘。」

禮禰盯著畫面，微微張開了嘴巴……但她的模樣怪怪的。

她的側臉染上了一抹朱紅，嘴上說要寫作，卻完全沒有在挪動手指敲打鍵盤。

「禮禰，聽我說一句……如果會害羞的話，就不該要求我餵食。」

「我……我才沒有在害羞啦！不說那個，趕快餵我吃啦！」

紘緩緩地遞出了巧克力……他的心跳變得劇烈，快得甚至都能清楚聽見了。

他和禮禰之間的距離，近得能感受到對方的呼吸。過去未曾在此等距離下從旁凝視她，

紘茫茫然地心想：原來她的眼眸如此清澈啊。

而後，禮禰像是初次接吻般閉上了雙眼——然後吃掉了巧克力。

「……謝謝你，紘。就拜託你照這樣繼續了。」

「妳……妳還要我餵啊……？」

「……那是當然的吧。我肚子餓了，但又非得寫稿不可。」

面對一臉冷漠的禮禰，紘要再次餵她吃巧克力。

此時出聲向紘攀談的，是表情像在鬧彆扭的唯唯羽。

「……哥哥，我也要。」

「嗯……好，說得也是。」

紘給了唯唯羽一顆巧克力，趁她在咀嚼的期間，再餵給禮禰吃。

這是怎樣——紘在心底喃喃問道。

這當真是編輯的工作嗎？應該說，唯唯羽已經習慣了所以姑且不論，但禮禰能夠專心在寫作上頭嗎……紘開始抱持著一抹不安。

儘管如此，紘仍然俐落地餵著兩名作家吃東西。

……然而，數分鐘過後，紘知道了自己的擔心只是杞人憂天。

雖然剛開始很拘束，不過如今的禮禰帶著氣宇軒昂的目光凝視畫面，雙手在鍵盤上流暢地敲打著——令人吃驚的是，比起請紘餵食的羞恥，她對原稿的熱誠更勝其上。

紘遞出巧克力給呆板地張開嘴的禮爾，同時不禁說道：

「由我來說好像怪怪的，不過真虧妳能專心在寫作上耶。」

「…………」

然而禮爾卻未曾將視線移開螢幕，簡直像是沒有注意到紘的存在一樣。

繼續這樣子餵下去，她或許會一路吃到天荒地老吧——紘將叉子放在盤子上……而後忽地發現。

直到方才都在撰寫企畫書的唯唯羽，正愣愣地盯著禮爾瞧。

唉，她的專注力會用光光也是沒辦法的事。感覺企畫讓她頗頭疼，而且還有睡意。就連紘也是，張開眼已經慢慢令他難受了。

「怎麼了？……差不多要體力不支了嗎？」

「這也是其中之一……但我在想，霧島老師還真厲害呢。」

「——」

隨後，禮爾的手指倏地停下，一副略顯不滿似的抬起頭來。

唯唯羽一瞬間感到畏怯，像隻小動物一樣低下頭去。

「……對……不起。打擾到您寫稿了。」

「……沒有那回事。」

禮禰再次將目光轉到畫面上說：

「嗯，唯唯羽會尊敬我，或許也是當然的。畢竟我從出道作就一鳴驚人，每次葛羅莉亞出新刊印量都多達三萬本。之前我試著稍微算過，我一張原稿似乎有五萬圓左右的價值。這樣的十七歲少女相當罕見吧。」

這點紘承認，但她居然自己說嗎……

紘半瞇著眼看向熱烈地老王賣瓜的禮禰……然而，唯唯羽卻以熱情的眼光說：

「……您真的好厲害。明明只不過比我大一歲，卻寫得出能夠讓那麼多人沉迷於其中的小說。」

「……嗯，是呀。」

「…………？」

她怎麼了呢——紘感到不解。

剛剛唯唯羽確實是在稱讚禮禰才對……可是她卻露出不悅的表情。彷彿是在期待著唯唯羽說出其他話似的。

然而，可能是心中感到興奮，唯唯羽轉而望向紘說：

「……我也會努力讓自己能夠和哥哥再次一同創作小說的。我自認很清楚上學讀書之餘還要寫輕小說有多麼辛苦，但這點霧島老師您也——」

「喔，我沒有念高中。我是專職作家。」

聽聞禮爾不以為意的話語，唯唯羽杏眼圓睜。

「我是在國三的時候出道，畢業後便一直走在作家這條路上。倘若我有好好地升學，現在應該是高二左右吧？我不太清楚就是了。」

大概是極其出乎意料，唯唯羽整個人動彈不得……紘則是流著冷汗眺望她們。

老實說，紘不樂見禮爾當一個專職作家。因為作家這種吃運氣的行業很不穩定，何時斷糧都不奇怪。

正因為這樣，紘才會諄諄告誡唯唯羽，不可輕忽求學……

「怎樣啦，唯唯羽？妳有什麼話要說嗎？」

然而，唯唯羽卻縮起了身子，未能做出任何答覆。相對的，則是由紘這邊出言緩頰。

「她只是純粹感到疑惑吧，想說妳不去念書，不會對未來感到不安嗎？這樣。」

「完全不會。」

她斬釘截鐵地回答。

「我也不認為往後能繼續靠寫作吃穿一輩子。搞不好會有一個我的作品不受讀者青睞的時代到來，而我得拿著寫不慣的履歷表前往公司面試，然後被面試官奚落說『妳沒一個像樣的學歷呢』。」

禮爾雙手離開了鍵盤，露出一臉無趣的模樣。

「可是這也沒辦法，因為我選擇了這樣的生存方式。」

彷彿像是聽見了未知的異國語言似的。

唯唯羽一臉驚訝地凝望著禮禰。

「我沒有餘力去走學校這種迂迴的路。為了打造出能讓更多人覺得有趣的作品，有多少時間都不夠呀。」

禮禰以威勢赫赫的嗓音宣告：

「要瞧不起我，認為我活膩了也行——但唯有小說這塊領域，我不想後悔。因為這是我的唯一。」

禮禰的眼瞳中蘊含著堅韌的意志。

唯唯羽著迷地羞紅了臉蛋，同時低聲說：

「……好帥氣。」

而後，唯唯羽帶著熠熠生輝的雙眼，轉頭望向紘說：

「哥哥，我也要休學——」

「這件事等妳寫完企畫書再說。因為八成會非常花時間。」

「我不想跟小說妥協。如果要我推出連自己都覺得索然無味的作品，我寧可當場放棄作家這個職業。所以呀，紘——」

禮禰露出無比正經的表情說：

「我不會要你原諒我，可是我希望你能理解，不遵守截稿日是由於我身為作家的自尊心。」

紘則是掛著冷漠至極的神情說：

「我知道了，妳快點寫稿吧。」

「好的……」

以紘的話語為契機，禮爾帶著一副煩惱的模樣開始面對螢幕。

距離換日的時限還剩九個小時。

雖說有某種程度上的餘裕，但依照唯唯羽和禮爾的進展狀況，這個時間帶有可能發生悲劇……不過，她們倆的精神都快耗盡了。

唯唯羽面對電腦，搖晃著腦袋瓜。

紘輕輕搖動她的肩膀，唯唯羽才稍稍睜開眼睛說：

「啊……謝謝你，哥哥。」

「妳可別太勉強自己。熬夜寫稿一定很吃力。只要妳願意，我也可以幫妳調整進度。」

「嗯……但我不要緊。看到霧島老師，我就覺得自己也該加油才行。」

語畢，唯唯羽便將視線轉到禮爾身上。她正在陽台眺望著街道。

紘一來到陽台，禮爾便一臉不悅地回過頭說：

「放心啦，我沒有在想『乾脆從這裡跳下去逃掉好了～』，只是想吹吹風罷了。」

說著，禮禰便喝了一口手上的營養飲料。根據紘的記憶，這應該已經是第三瓶了。喝這麼多感覺對身體不好，但身為編輯也不好強硬地說些什麼。

「禮禰，妳的進度怎麼樣了？」

「……速度稍微慢了下來，不過發展我心裡有底了。順利進行的話就沒有問題。」

禮禰使勁伸了個懶腰說：

「就算是賭一口氣，我也得完成原稿。萬一在此時延宕，我就不曉得至今是為何而努力的了……雖然這句話很不成熟，不過也有人在期待著葛羅莉亞呢。」

「……像是唯唯羽……嗎？」

禮禰聞言沉默了一段時間，而後她開口說道：

「……我仍然不敢相信她居然是葛羅莉亞的讀者。我原本還想說，她是不是認為『葛羅莉亞不過就是迎合市場的樣板作品吧（笑）』而瞧不起它。你想想，畢竟有很多黑粉只會對葛羅莉亞做出這種膚淺的批評嘛。」

「原來妳是這麼想的啊……」

「因為唯唯羽的出道作是感動系青春小說吧？坦白講，我以為她不太看輕小說。」

「沒那回事，唯唯羽什麼小說都看。無論是愛情、奇幻、科幻、懸疑、黑色犯罪、青少年文學、純文學、大眾文學、輕文藝——當然，她也非常喜歡輕小說。」

正因紘從小就在一旁看著唯唯羽長大，他才能如此斷定。

唯唯羽從以前就不擅長和別人打交道，所以朋友很少。總是陪伴在她身旁的，只有紘和小說。

不知何時，唯唯羽這麼說過：比方說遇上了什麼挫折，希望能夠忘卻負面回憶時，腦袋會率先浮現出來的作品類型——那便是輕小說。

「……況且——」

紘低聲喃喃道，而後將目光轉移到室內。他眼中所映照出來的，是唯唯羽的嬌小背影。她像是在跟某種目不可視的敵人作戰般，對著電腦苦思不已。

「倘若不喜歡輕小說，就不可能那麼拚命地構思企畫吧？」

「…………」

禮禰究竟抱著何種想法呢？她凝望唯唯羽的表情極其正經。

——現在應該可以問她那件事也無妨了吧？

紘如此心想，而後提出總有一天要詢問禮禰的疑問。

「對了……禮禰，妳有看過唯唯羽的作品嗎？」

禮禰全身上下僵硬到一看就知道的地步。

「……你為什麼這麼問？」

「因為就我看來，妳在跟唯唯羽保持距離。或許是我多心了……但我覺得這可能和唯唯羽的作品有什麼關係。」

先前紘坦承唯唯羽是自己的妹妹時，曾經問過禮禰相同的問題：難不成妳看過了唯唯羽的小說嗎？

然而禮禰卻對這個問題緘默不語，彷彿像是拒絕回答似的。

當時他就這麼若無其事地置之不理……但看到今天的她們，紘做出了一個推測。

那時禮禰之所以沒有回答自己的疑問……會不會是因為覺得唯唯羽的小說令人不快，所以無法回應呢？

禮禰會對唯唯羽採取冷漠態度的原因，會不會就是這個呢——

「唯唯羽的出道作很有意思喔。」

不過，這份不安眨眼間便煙消雲散了。

「初次閱讀的時候，我克制不住地全身顫抖。因為那部小說極具壓倒性，甚至讓我害怕起唯唯羽是如何看待這個世界的。明明角色很平凡、故事又樸實，卻令人無法別開目光。裡頭的一字一句都像是陌生語言般自由自在，可是令人莫名懷念。我整個人沉迷在唯唯羽的小說當中，連其他事情也不顧了……回過神來，我發現自己哭了。我當真許久沒有度過一段如此幸福的時間了。」

面對口若懸河的禮禰，紘連答腔都沒有辦法。

這番話毫無疑問是在稱讚唯唯羽……可是，這是為什麼呢？

禮禰一副不悅的模樣銳利地瞇起雙眼，俯視著街道。

「不過，我不會否認自己無法喜歡唯唯羽這個人……但也沒有到非常討厭就是了。」

這一瞬間，紘便像是遇到世界末日一般，只能呆呆佇立在原地。

禮爾或許能和唯唯羽成為好朋友的期待，徹底遭到粉碎。這份衝擊實為筆墨難以形容。

「是……是這樣嗎……？」

「……我姑且可以告訴你理由。相對的，你能夠保證不問我問題嗎？不可以反過來問我為什麼。」

「……好，我知道了。」

「其實原因有兩個。」

居然還不只一個嗎……禮爾對快昏過去的紘豎起食指說：

「第一個原因，因為唯唯羽是你妹妹……不過這不是她的錯。真要追究起來，問題出在你身上。」

「那個……血緣關係我也無能為力啊……不過，既然妳覺得我不好，那我會卯足全力改善。方便的話，可以告訴我妳哪裡不滿意──」

「就說不可以問我問題了。反正我無法回答你的疑問。那麼，下一個原因是──」

禮爾對鬱悶的紘豎起第二根手指。

「因為唯唯羽的小說很有趣。」

「……老實說，我聽不懂。這是一種猜謎嗎？」

「讓我來回答你這個問題。正確答案是ＮＯ。」

這什麼意思——紘納悶地瞇起眼睛。然而，禮爾無視於這樣的紘，將營養飲料喝光後，開口說：

「好啦，閒聊就到此為止……我休息得有些過頭了。得趕緊回到工作模式才行。」

禮爾回到起居室，打算再次開工……紘並未漏看了這個瞬間。

唯唯羽口中唸唸有詞地敲打著鍵盤。

而禮爾則是帶著險峻的目光望著唯唯羽。

▽　唯有小說

距離時限還剩七個小時。這個時間帶說是傍晚也不為過。

說到他們三人的狀態——很明顯地出現了異常。

「怎麼辦……怎麼辦怎麼辦怎麼辦怎麼辦怎麼辦怎麼辦怎麼辦怎麼辦……！」

禮爾發出有如慘叫的聲音，在室內繞來繞去。她甚至還開始打開冰箱或壁櫥，一副像是點子沉眠於其中的樣子。很可惜的是，裡頭並沒有她所期望的事物。她將門關上後，又開始四處踱步。

禮彌的慌張可想而知。

方才她和紘說，順利的話就趕得上——然而事已至此，禮彌卻發現自己要寫的點子有著缺陷。對作家而言，故事在寫作途中出現紕漏不是什麼稀奇的事。

只不過，狀況陷入危機的人不僅有禮彌。

「哥哥，我寫得出傑作對吧？」

「是啊……」

「這樣的話，我能夠成為多次再版的暢銷作家對吧？」

「是啊……」

「那麼，我的作品不但會被漫畫化和動畫化，初版的價值還會水漲船高，也會有許多書迷來參加簽名會，還會在頒獎典禮上致詞對吧？」

「是啊……」

「如此一來，哥哥就永遠會是我的責編了對吧？」

「唯唯羽，我愛妳。」

「嗯，我也是。」

唯唯羽和紘帶著空洞的眼神交談。紘稍稍搖了搖頭，將營養飲料當作罐裝咖啡那樣喝光了。三個人就此總共喝掉十瓶了。紘雖心想「這樣就能打保齡球了」，不過卻未付諸行動。

他終歸還是保有理性。

紘緩緩地將視線投向來回走動的禮爾。

她的體力和精力果然都快用盡了。睡意已消失無蹤，腦袋正在發出尖叫吧。因為紘的狀況也一樣，所以能夠體會禮爾的痛苦。

大概不行了吧——紘確實聽見了自己發出來的聲音。

「我姑且先聲明……要將前一版的稿子作為最終定稿也行喔。」

禮爾忽然停下了腳步。

「我也知道，妳對部分內容不甚滿意。可是縱使不夠全面，依然相當有意思。這點我可以保證。」

禮爾並未回覆。她只是僵在原地，昂首望向一塵不染的天花板。

「倘若書本要在這裡開天窗，不如妥協比較好。不讓作品延期，是我身為編輯的責任。現在還來得及……妳要進行勇氣十足的撤退嗎，禮爾？」

一段相當漫長的沉默流逝。禮爾的臉上依然沒有任何表情，她究竟抱有何種想法呢？

「……還差一個。」

而後，她以感覺會消逝在風中的微弱嗓音低喃道。

「只要還有一個可以漂亮地接起故事的要素，稿子就會完成。它便會成為我能夠抬頭挺胸地表示『這是我卯足全力』的一部作品。搞不好我會精疲力竭而完成不了，屆時再採用前一個版本的原稿就好。在那之前，我不想逃避自己的作品。」

看來無須多問了。

「紘，我再次拜託你……讓我再掙扎一下。」

儘管顯露疲態，她清亮的聲音仍然蘊藏著決心。一個不像是出道才僅僅兩年，熊熊燃燒著對於作品之執著的作家，就在那兒。

紘不經意一看，發現唯唯羽正凝望著禮爾。她的眼瞳並不像先前那樣了無生氣，而是蘊含著敬意及憧憬的熱情目光。

「兩位，就再次拜託了。今天過後，妳們要睡得像一灘爛泥也無妨。不過……我希望妳們現在撐著點。」

紘的話一說完，唯唯羽和禮爾隨即直視著畫面。

……之後不曉得經過了多少時間。

房裡的掛鐘就像是在嘲笑他們三人似的，滴滴答答地不斷前進。

乍看之下狀況沒有絲毫改變。唯唯羽緊盯著畫面，一動也不動地尋思著。

禮爾的情形也大同小異。她輕輕地前後搖頭晃腦，嘴裡自言自語著。不過，她並沒有四處走來走去，應該說她辦不到。禮爾拿毛巾將自己的腳踝和桌腳綁在一起，免得自己逃跑。

紘按捺著焦急不已的心情，低頭看向手錶。考量到檢查禮爾的稿子後準備檔案的時間，他希望有一個小時的緩衝。可是，照這樣下去——

這時，紘注意到了一個突兀感。

他沒有聽到禮爾的自言自語。

「————」

禮爾望向半空中，靜止不動了……然而，這也僅是須臾之間的事。

禮爾柔美的手指，忽然開始敲打起鍵盤來。

她像是被什麼東西附身般專心致志地寫著稿，敲打鍵盤的聲響未曾停頓過。

紘並沒有愚鈍到不曉得這幅光景代表何種意義。
是點子降臨了。

紘有種衝動想詢問是否趕得上截稿，但這對禮爾而言除了找麻煩什麼也不是。

面對埋首寫作的作家，編輯做得到的事情唯有一件——那就是在心中為對方聲援。

距離時限還剩四個小時。

自從禮爾的稿子開始上軌道，已經過了約莫一個小時左右——但她的速度並未減緩。不僅如此，看起來甚至像是朝著小說的尾聲加速。

她的手指忽地停下了動作。是卡住了嗎——紘正想如此擔憂地開口問她……然而，這只是他杞人憂天。

「……完成了————！」

禮爾掛著滿面笑容，使勁高舉雙手。

而後，她維持著萬歲姿勢，直接朝後方躺了下去。紘對這樣的她露出柔和眼神。

「辛苦了，禮爾。寫起來感覺如何？」

「……老實說，我是順著自己的情感在寫，不曉得這樣子好不好。」

禮爾漾著成就感十足的笑容說：

「可是呀，我在寫作的途中很開心，甚至盼望這段時間永遠持續下去……所以說，我覺得鐵定會成為一部好作品。」

「……這樣啊。能聽到妳這麼說就夠了。接著是我的工作了。我想來確認稿子，可以把檔案轉到我的電腦裡嗎？」

「也是……完成這個步驟就總算能休息了呢。」

她的體力想必早已見底了吧。禮爾解開綁著腳的毛巾，依依不捨地起身。她維持著笑逐顏開的模樣，打算操作數位打字機的時候——

臉上的笑容驟然消失。

簡直像是時間停止了一樣。禮爾動也不動、不發一語地凝視著畫面。緊貼在她臉上的表情——是驚愕。

不知何故，她的神色令紘的背後竄過一陣寒意。

紘甚至忘記要問「發生了什麼事」，逕自繞到禮爾的身後看向數位打字機。

眼前的東西是——無。一如字面意義，什麼也沒有。

畫面整個跳掉，變成一片漆黑了。

「……這是……怎樣——」

相對於茫然自失的禮爾，紘的行動十分迅速。他隨即按下按鍵試圖開啟……然而，數位打字機毫無任何反應。

「禮爾，妳記得斷電前是否存檔了嗎？」

「——對……對不起。對不起喔，紘。原稿……原稿……消失了……」

面對慌張失措的禮爾，紘緊握住她的手。禮爾的肩膀倏地抽動了一下。

「鎮定點，還不確定檔案已經消失了吧……拜託妳冷靜下來想想，是否有存檔下來。」

「……嗯……嗯，我知道了。可是，對不起。我全神貫注在寫作中，不記得了。」

紘點了個頭，拿出數位打字機裡的乾電池。他換上了抽屜裡找出的新電池後，數位打字機便若無其事地復活了。

「……怎麼會，為什麼——」

聽著禮爾吐露的字句，紘同時思索著。電源會突然跳掉，一定是因為沒電了……可是，在此卻浮現一個疑問。

有在操作數位打字機，應該會知道電池正在消耗才對。畢竟上頭會顯示剩餘電量，快沒電的時候也會有警告訊息。

儘管如此依然用到沒電的理由是……

「難道是我太過專注於寫稿，沒有注意到……？」

不過紘並未回答。目前仍不能斷定……這只是場面話。真正的原因是，如果他在此頷首肯定，就好像是在責備禮爾一樣，令他過意不去。

紘操作著啟動的數位打字機，捲動畫面到文章的結尾。

光看一眼便知道尚未完成的原稿，就在那兒。

禮爾她——因寫完稿子的亢奮而並未存檔。

原本這類機器即使是主電池耗盡，備用電池也會作用才是。但檔案仍然消失了，這就表示恐怕連備用電池都沒電了。

禮爾說過，這是她從國中之後第一次使用這台數位打字機。這就是箇中原因。

換言之，備用電池在數年前就掛掉，幾乎是八九不離十的事了。

「禮爾，妳知道這是什麼時候的檔案嗎？」

「……我想是在要吃午餐的時候儲存的，所以——八小時的檔案毀於一旦了。」

聽見這道細若蚊蚋的聲音，紘不禁轉過了視線。

禮爾凝視著畫面，臉上掛著像是作惡夢般的表情。

「紘，對不起。真的很抱歉……這次就用前一版的原——」

「我們用上一版的原稿作為定稿。這是『我的判斷』。」

紘不由分說的口吻，令禮禰頓失話語。

「妳可能無法接受，或許有好一陣子會後悔並自責。不過，屆時妳就這樣辯解吧……沒辦法，都是編輯擅自決定的。假如延期上市的話，就會寫出更好的作品了。」

紘拚命忍受著羞愧難當的心情，臉上浮現出竭盡全力的笑容。

「妳別太沮喪了，前一版也是好看得無可挑剔……縱使妳無法滿意，但是我認同。」

然而，禮禰只是露出消沉神色微微點了個頭。

不論有著什麼樣的內情，問世的作品會永遠留存下來。更何況，《閃鋼的葛羅莉亞》還是有數萬名讀者引頸企盼，對禮禰來說是相當特別的作品。

要是當時那麼做的話——禮禰必定會如此抱憾終生吧。

紘像是要尋找激勵的話語似的，仰頭瞧向天花板——

「——那……那個，您不要緊……吧？」

這件事對紘而言，可說極具衝擊性。

他反射性地轉頭望去，發現唯唯羽正看著禮禰。唯唯羽的臉色相當沉痛，從平時的她完全想像不到會如此。

唯唯羽在向禮禰攀談。那個對外人很膽小又害怕禮禰的唯唯羽，初次主動開口了。

「對……對不起，我不曉得該說什麼好……可是我看霧島老師好像很難受，想說有沒有什麼我幫得上忙的地方……」

之後唯唯羽和禮爾便沉默了下來。

率先打破寂靜的人是禮爾。

「……我一直覺得很奇妙，妳為何會想遵守截稿期限呢？」

連紘也為這句話瞪大了雙眼。

簡直像是受到唯唯羽感化似的。就連極力避免交談的禮爾，也在對唯唯羽說話。

「……您為什麼這麼問——」

「別問那麼多，回答我。感覺我現在不和別人聊聊，就會消沉到死。」

禮爾面不改色，孱弱地接著說了下去。

「既然妳已經出道一年了，應該隱隱約約感覺到了吧？就算不遵守企畫的截稿時間，編輯也不怎麼會困擾。」

若要坦承，這也是紘好幾次都想提出來的疑問。

所謂企畫便是動筆前的階段，換句話說就是準備期間。即使不遵守這個期限，要說幾乎不會對周遭添麻煩也不為過。

「然而，唯唯羽妳卻硬逼自己寫著企畫。強忍著睡意，和電腦大眼瞪小眼好幾個鐘頭。明明就沒有那個必要，妳為什麼要這麼努力呢？」

唯唯羽並未即刻回答禮爾的問題。

但她依然鼓起勇氣說道：

「……這樣講可能對您很失禮，不過……」

唯唯羽略顯猶豫地開口。

「因為我也和霧島老師一樣。」

「……什麼意思呀？」

「霧島老師，您是我的目標。明明和我年紀相仿，卻推出了暢銷書，致力於創造有趣的作品。您是憑我這種人根本追不上的厲害作家……可是——」

唯唯羽的目光看著電腦畫面。

那是或許有一天會成為唯唯羽的代表作而問世的企畫案。

「我也決定了。我要和哥哥一塊兒寫出讀者喜悅的程度不輸給任何人的小說……因為我也只有這個了。」

——但唯有小說這塊領域，我不想後悔。因為這是我的唯一。

這不是別人，正是禮爾告訴唯唯羽的話。

「我從小就只擅長小說這塊領域。哥哥會開口稱讚我厲害，並且讓我沉迷至今的，就只有小說了。所以……我不想逃避。若是失去它，我就一無所有了。」

不曉得她有多少思緒滿溢而上。

從平日的唯唯羽實在難以想像到，她會如此滔滔不絕。

「我決定要努力到最後，才跟哥哥商量遞延截稿日。哪怕是早一天，我都希望快點和哥哥一起推出小說。因為──」

唯唯羽用力握緊了嬌小的手。

「唯有小說，我不願輸給任何人──為此，我想盡快和霧島老師站在同一個舞台上。」

直言不諱的話語，讓紘及禮爾皆為之屏息。

但可能是忽然害羞起來了，唯唯羽低下頭說：

「對……對不起。企畫都還沒通過，我卻講得一副很了不起似的──」

「……不願輸給任何人……是吧。」

禮爾忽地眺望天花板喃喃說道。她的表情仍然不見情感的蹤跡。

就在這時──

禮爾倏地站了起來。她以毅然決然的腳步走進浴室，而後使勁關上了門。

突如其來的行動，讓紘和唯唯羽只能感到啞然無語──不久之後傳來一道像是在灑水一般的劇烈聲響。

「……禮爾？」

就在紘低聲呢喃的同時，門扉喀啦一聲打開了──這次真的讓紘話語頓失。

在眼前的是從頭到腳全身濕漉漉的禮爾。

令人看了著迷的髮絲滴著水，精心打扮的便服整個泡湯，慘不忍睹。

然而，她的臉上卻浮現著有如劍道美女般的凜然神色。

「紘，幫我擦頭。」

只說了這句話，禮彌便不顧打濕地板而邁步前進，然後一屁股坐在桌子前。紘連忙從浴室裡拿出浴巾，仔細地替禮彌擦拭頭髮。

「紘，還剩多少時間？」

「啊……喔……距離換日還有三小時左右。」

「不是那個，跟我說我還有多少時間完成小說。扣掉你確認稿子並交檔的時間之後，還剩下多久？」

「……大概……兩個小時吧。」

「綽綽有餘了。」

禮彌撩起頭髮，狂傲地笑道：

「我會在那之前再次寫完一份稿子給你看。我自己都無法接受的原稿，我絕對不會讓你拿去用。」

面對露出不羈笑容的禮彌，紘一瞬間無言以對。

「太亂來了。可是有八小時份量的檔案灰飛煙滅耶。妳要在兩小時之內——」

「那是我曾一度完成的小說。這點東西我馬上就寫得出來。」

狀況實在太過荒唐無稽了。撰寫過的文章統統記在腦海裡，這可不是人類辦得到的事。

很顯然的，她在動筆時還是會去思考描述或對白。

這點紘也一清二楚——但這是為什麼呢？

見到禮禰信心滿滿的側臉，些許期待在紘的心中油然而生了。

「追本溯源，原因都是出在我犯下了無聊的失誤。自己的殘局我會自己收拾……況且，還有可愛的後進稱讚我厲害呢。」

和這番話相反，禮禰是帶著彷彿要將對方射穿般的眼神朝向唯唯羽。先前一直呆愣愣的唯唯羽嚇了一大跳。

「《閃鋼的葛羅莉亞》系列累計發行量超過三十萬本，在當今這個世道算得上是暢銷作品了。改編成廣播劇CD時有跟知名聲優握手，舉辦謝恩會時即使緘默不語，也會有看似很了不起的大人來打招呼，甚至都讓我害怕起自己的才能了。連再版都沒有體驗過的唯唯羽，實在遠遠不及我……可是呢——」

禮禰使盡吃奶的力氣大喊道：

「我也不能輸給妳呀！」

隨後，禮禰便如火如荼地開始打字。

敲擊按鍵的聲音響徹室內，彷彿雷雨一般。但儘管如此，禮禰仍然口若懸河地說道：

「自從讀過那部小說，我沒有一天忘記過唯唯羽！明明同樣是女孩子，她卻擁有令我相形失色的壓倒性才能，讓我好生羨慕！唯唯羽居然寫出讓人感動到淚如泉湧的小說，這使我非常不甘心！然而，唯唯羽卻說她的目標是我？別笑死人了！我早就被妳的小說痛擊得體無完膚啦！」

——唯唯羽的出道作很有意思喔。

禮禰不悅的話語，在紘的耳朵深處中復甦。

紘認為，當遇到了優秀的小說時，作家會分成三種類型。其一是覺得自己終究比不上人家而抱持敬意。其二是會搬出所有藉口來逃避。第三個——

則是誓言有天一定要超越對方，鬥爭心態表露無遺。

「我真想痛扁數分鐘前的自己。居然偏偏差點在唯唯羽面前出醜。我可不能因為這種事情而受挫。為了今後也要繼續走在作家這條路上，我得寫出不輸給任何人的小說呀！」

寫稿速度依然令人驚訝的禮禰，忽然將視線轉到唯唯羽身上。

「妳在發什麼呆呀？妳想在今天之內完成企畫，並盡早推出小說吧？既然如此，妳就應該立刻動手處理自己該做的事呀。」

「……那個……霧島老師……」

「太小聲了！」

「霧……霧島老師！」

就紘的記憶，從未聽過唯唯羽發出這麼大的聲音。她的臉蛋之所以會潮紅，究竟是出於亢奮，抑或是羞恥呢？

「那……那個……謝謝您的稱讚！」

「不用客氣！」

兩名作家自暴自棄似的大喊，同時開始敲打起鍵盤。唯唯羽像是個彈奏著夜曲的鋼琴師一般和緩，禮爾則像是彈奏著圓舞曲一般激烈。

然而隨著時間經過，辛勞皆流露在她們的臉上。紘也明白她們很難受。已經無法判斷那股勒緊腦門的痛楚是否來自於睡意，眼底裡頭還帶有麻痺般的疼痛。

禮爾突然怒吼：「我一定要寫出來！」

唯唯羽則大聲回應著：「我也是！」

兩人高聲吶喊激勵著彼此，同時寫著稿。她們的容貌像極了殘兵敗將，連眼神都沒在對焦了，可是卻沒有從小說當中逃避的意思。

而紘則是在意識朦朧當中，感受到一股渾身發癢的喜悅。

那是她們所散發出來的熱氣嗎？紘注意到房子裡變熱了，於是為了她們倆，他打開陽台窗戶讓空氣流通。

從陽台俯視可見的街道，已融入了夜晚的黑暗中。

深夜的戰鬥還在持續著。

▽　或許就像薩里耶利一樣

午夜十二點——時限已盡。

在這個時間，紘不斷透過電話向工作夥伴低頭賠罪。

「是的，這次給您添麻煩了。原稿就萬事拜託了。」

最後深深地一鞠躬，紘便掛斷了電話。

對方的心情果然不太好，也稍微被挖苦了一下，不過紘只懷抱著感謝的心情。如果對人俯首，作家的努力便能獲得回報，要多少次我都跟你低頭——紘內心純粹地如是想。

畢竟——禮爾完成了最終定稿，而唯唯羽也寫完了企畫書。

她們倆鐵定在呼呼大睡吧——這麼心想的紘，走到起居室去……然而，他的預料卻錯了一半。

人在那兒的是進入了夢鄉，發出和緩呼吸起伏的唯唯羽。數十分鐘前的正經表情蕩然無存。唯唯羽趴在桌上的睡相十分稚氣。

而禮爾則是茫茫然地眺望著這樣的她。

「妳睡不著嗎？」

「嗯……所以我一直在想這女孩的事情。」

禮爾的表情像是在打瞌睡一樣。

和先前對唯唯羽抱持敵對心態的少女簡直判若兩人。

「……我至今都不曉得，妳居然不想輸給唯唯羽。」

「……這種事情我怎麼可能說得出口呀。」

禮爾以夢囈般的口吻娓娓道來：

「走在作家這條路上，不時會發生這種事情呢。心想『啊，我絕對敵不過這部小說』的瞬間。這種有如怪物般的小說存在於世界上——其中一部就是《在我和妳之間》。」

紘無法體會禮爾和唯唯羽的小說邂逅時，那股敗北感有多麼龐大。然而，這對禮爾而言肯定極具衝擊性。

所以她才會滿腦子抱著不想輸給唯唯羽的想法，鼓舞自己。

「我呀，認為那女孩是天才。因為我覺得，無論自己付出多少努力，都追不上她的小說……無從辯解真的很辛酸呢。唯唯羽和我一樣是女生，年紀才小我一歲，而我們彼此都是輕小說作家。所以我才會如此不甘心吧。」

紘並未出言附和禮爾這段懺悔般的話語。

這是因為，他覺得禮爾的苦惱必定只能靠小說克服。

「……不過呀，我想自己可能錯了。」

禮爾凝視著靜靜安眠的唯唯羽，輕聲說道：

「這女孩也和我一樣，對吧。以一個作家的身分竭力奮戰，拚命地攀附在這個世界——所以……」

「所以？」

「……我可能有稍微一點喜歡唯唯羽了。」

語畢，可能是感到害臊，禮爾鬧彆扭似的別過臉去。

「嗯……嗯，我承認她這個作家……不過，另一方面可就沒那麼容易了。只要她還是你妹妹，事情就無從解決嘛。」

「…………？」

「……果然跟你說了也不明白。」

禮爾深深地嘆了一口氣。

「抱歉，今晚可以讓我睡在這兒嗎？感覺我在回家途中就會倒在路上了。」

「這是無妨，不過擠在一起睡對身體不好喔。要睡我的床嗎？」

「那我就不客氣了……謝謝你，紘。」

禮爾搖搖晃晃地前往紘的房間去。看到她確實進門後，紘便輕輕抱起唯唯羽，踏進她的房間。

他將唯唯羽抱到床上，為她婀娜的身軀蓋上被子，而後低聲呢喃道：

「……太好了，唯唯羽。等妳醒來後，搞不好能跟禮爾和好如初呢。」

唯唯羽若是醒著，一定會瞠目結舌吧。

因為那個紘居然露出了溫柔的笑容，令人不敢置信。

——隔天。

禮爾一起床，隨即冷靜地回顧起在紘的床上睡了一晚的事實，然後滿臉通紅地扭動著身子。不過這又是另一段故事了。

某一天的唯唯羽和禮禰

唯唯羽

已讀 方便打擾一下嗎？

我嚇了好大一跳，不小心按錯地方了……好的，是什麼事呢？

已讀 我想問妳關於紘的事情。
我們是驚奇文庫唯二的少女作家對吧。
而紘則是我們兩人的責編。
……妳不覺得這別有內情嗎？

已讀 紘之所以會成為我們的責編，
搞不好是基於想開後宮的慾望……

我覺得沒這回事。哥哥他
感覺對戀愛不甚了解。

已讀 ……唉，畢竟是那個紘嘛。他似乎
沒什麼和女生往來，或許是我想太多了。

不過，我偶爾會聽他聊到一位叫千千石小姐的女生。
她好像是哥哥公司裡的後進。哥哥曾經說過她很可愛喔。

已讀

已讀 告訴我詳情。

呃，她似乎還是個年輕編輯，
然後相當有幹勁的樣子。
她會熱衷地聽哥哥說話，所以哥哥才說她很可愛。

已讀 喔，原來是這個意思。

您原本以為是什麼意思呢？

第四章

▽　關於新人編輯T和老手插畫家W

從那場驚滔駭浪的趕稿地獄，已經過了一星期左右。

雨過天晴是極其自然的狀況，紘過著平穩的日子。禮彌的新刊作業進行得相當順利，而唯唯羽的企畫也正逐漸成形。

如此一來，就算是編輯也會在星期天放下工作。

迎接假日的紘，想要久違地放鬆一下……直到昨天為止都是這麼想。

然而，紘卻和她的後進千千石一同朝著某棟公寓大廈而去。

「嗚嗚……不好意思，前輩。硬是拉你來幫我的忙……」

「妳別放在心上。這也像是工作的一環。」

紘頂著一如往常的撲克臉，安慰著頹喪的千千石。

事情的開端是千千石那通「請你幫幫我～！」的悲痛電話，吵醒了還在睡覺的紘。

千千石表示，今天是某位插畫家的截稿日。

但無論怎麼等，都等不到完成的插畫，外加電話也打不通。於是千千石決定直接去畫師家，無奈這是她第一次碰上這種狀況，所以很不安……因此才會向紘求援。

「再說，這是可愛後進的請求。我會鼎力相助的。」

「……唔，前輩，你剛剛把我當作沒用的孩子對吧？我也已經跨越了名為研習的試煉，是個獨當一面的編輯了啦！」

「獨當一面的編輯，不會大清早就向別人哭訴。」

「我無言以對……」

「不過，這次該道謝的人反倒是我。老實說，我早就想見見若葉老師了。」

若葉——這就是兩人正要拜訪的插畫家名字。

紘是在成為編輯前知道若葉這個插畫家的大名。當時有一部動畫化的校園青春作品，負責插畫的人就是若葉。

真是純粹的畫——這便是紘對若葉的插畫抱持的感想。

以輕淡卻又鮮豔的色彩，和纖細的筆觸所描繪而成的少年少女。紘還記得，那些插畫彷彿能夠沖刷掉沾染到內心的汙穢，和上演著鮮活青春的故事十分搭配，因此一瞬間就成了它的俘虜。

「只是，我沒聽過若葉老師的負面傳聞耶。她是個如此不重視截稿時間的人嗎？」

「目前為止她有遲交過，不過杳無音訊還是第一次……該、該不會遇上交通事故吧？」

紘在千千石的帶領之下，踏進了自動上鎖式的大廳。千千石緊張地吐了口氣，而後按下集合式住宅的門鈴。

……然而毫無反應。千千石面色鐵青地說：

「怎……怎麼辦，前輩？若葉小姐會不會真的出了什麼事——」

「奇怪？小奈，妳怎麼會在這兒？」

大廳外頭傳來一道開朗無比的聲音。

回頭望去，眼前的人是一名女性。她的年紀大概不超過二十五歲吧。將長髮束在後腦杓的髮型，以及略施脂粉的清爽容貌，給人俐落的印象。眼角水靈靈的笑容相當和藹可親，令人感覺像是個豪爽的大姊姊一樣。

「啊，若葉小姐！」

千千石連忙跑向那位女性。

看來這個人——就是插畫家若葉了。

「真的是，我很擔心妳喔。今天早上我打了好幾通電話妳都沒接，我還想說妳是不是發生什麼事了……」

「咦，是這樣嗎？」

若葉一臉表情呆愣地拿出了手機。

「哇，真的耶。來電紀錄都被妳給洗板了嘛。這讓我有點起雞皮疙瘩耶。如果我向警方報案說有跟蹤狂，感覺會被受理呢。啊哈哈。」

「這不是什麼好笑的事啦！」

「哎呀，抱歉喔。我一直到剛剛都在上夜班，沒有查看手機嘛。」

原來她還有從事其他工作啊——紘稍微瞪大了雙眼。兼職本身並不稀奇，可是就連業界資歷深厚的若葉都在做插畫之外的工作，老實說他有點意外。

「不說那個，我要問的是截稿啦！可以請妳告訴我目前的進度狀況嗎？」

「……嗯？妳是指黑白插畫？截稿時間是明天早上吧？」

「不，確實已經超過了！我們討論的時候說是——」

「剛開始是那樣沒錯，不過我在好一陣子前有跟妳聯絡過才對呀。我說因為公司那邊突然丟了工作給我，希望妳寬限我一天。然後記得妳回應我說沒問題呢。」

「…………咦？」

千千石慌慌張張地翻開從包包拿出來的萬用手冊，確認這個月的預定表。

她的臉色頓時刷白。

「——不……不好意思不好意思不好意思！若葉小姐妳說得對！最近我手忙腳亂的，完全不記得了……！」

「沒關係啦。反正拜託妳改進度的也是我，而且小奈妳這種脫線的地方很可愛嘛。噯，你不覺得嗎？」

若葉忽然把話題拋了過來，略感困惑的紘開口說：

「您願意這麼說，我們也很感激。進度管理出錯，有可能會演變成和工作夥伴產生糾紛。如今我只有滿心感謝若葉老師的寬宏大量。」

「唔，免禮。」

若葉「啊哈哈」地開心笑著，而後——

「對了，小奈。這人是誰？」

「明明是初次見面，妳卻直接跟他攀談嗎……他是我公司的前輩。」

「我是巳月紘。千千石平日受您諸多關照了。」

「喔，你果然是編輯呀。和小奈同一個書系的巳月嗎……你該不會有委託過我插畫工作吧？我想大概是一年前左右的事。」

儘管沒寫在臉上，紘卻不禁感到驚訝。

坦白說，紘曾經拜託過若葉繪製唯唯羽的出道作《在我和妳之間》的插畫。只不過，那時她因為其他插畫工作分身乏術而拒絕掉了。

話雖如此，紘對《在我和妳之間》的插畫沒有絲毫不滿。當時負責的插畫家筆下的畫作非常神。

「沒錯，您還記得啊？」

「是呀。沒記錯的話，那部小說榮獲了新人獎當中的最優秀獎對吧。那種新人的作品有時候會一鳴驚人，所以我很想畫，可是記得我正好有點忙碌。那時真抱歉喔。」

「哪兒的話，不要緊的。光是您沒有一口拒絕，就已經是我的榮幸了。」

紘鄭重地低頭致意。

緊接著，千千石也效仿著紘，鞠了個躬說：

「還……還有，方才真是失禮了。我會靜候妳的插畫完成，還請務必多多拜託。」

見到這對低下了頭的前輩後進二人組，若葉煩惱地交抱起雙臂說：

「啊～嗯，也是呢……對了，你們兩個之後有空嗎？」

「咦……？是……是的。我今天幾乎就跟休假無異，沒有什麼特別要做的事。」

紘也點了個頭回應。今天原本就是假日。

「那麼，我接著得來畫黑白插畫……但其實還有別的事情得處理，所以正在傷腦筋呢。因此，我希望你們能來幫忙。」

「幫忙……是嗎？……順帶一提，是要幫什麼忙呢？」

「放心吧，巳月。只要雙手夠靈巧，連小學生都辦得到啦。」

若葉老師堆滿笑容，回了一個完全不成答案的回應。

「一下～下就好了。若是中途覺得太勉強，看是要回去或無所事事地看漫畫都行。噯，怎麼樣呢？」

「呃，這個嘛……好的，我沒問題！畢竟我平常總是受到若葉小姐照顧！」

「喔，妳願意這麼說真讓我開心。小奈，愛妳喔～」
若葉使勁地摸著她的頭，千千石則是「嗚呀啊啊啊……」慘叫著。這樣一看，她們根本就是社團活動的學姊學妹。
雖然到頭來，紘還是不曉得自己要幫什麼忙而感到不安……但——
「若是不嫌棄，可以讓我也助您一臂之力嗎？前提是我能力所及的範圍就是。」
「真的？謝啦，巳月……不過，站在你的角度想，或許也是理所當然的呢。」
若葉露出爽朗的笑容說：
「畢竟你女朋友小奈要幫忙。身為男朋友的你，可不能丟下一句『那我就此告辭了』而自個兒回去嘛。」
「「…………」」
紘花了整整十秒才理解這句話。
千千石八成也相去不遠。她維持著惹人憐愛的笑容，歪頭感到不解。
「編輯的休假好像都搭不上，你們至少今天想要待在一塊兒對吧。小奈會和你一起到我家來，就是這個意思吧？」
「不……不是啦！為什麼狀況會變成這樣呀，真是的！」
總算回到現實世界來的千千石連忙否認。然而，若葉卻帶著若無其事的表情說：
「有什麼關係呢，不用顧慮我。妳有男朋友我也不會鬧彆扭的。妳想想看，液晶繪圖板

キ

就是我的男朋友。事到如今我不會迷上三次元的男人啦。」

「所……所以說……不是那樣……！追根究柢，我和前輩並不是那種關係！」

「哎呀，是嗎？……可是先前在咖啡廳討論的時候，我有問過妳對吧？問說妳喜歡哪種類型的人。」

若葉的臉上掛著打從心底感到詫異的神色說：

「然後妳就說，雖然沒想過，可是編輯部裡有個在意的人——」

「好啦，若葉小姐！我會努力幫忙的，我們快走吧！」

千千石忽然開始推著若葉的背，不曉得究竟是何種心境變化。「啊，嗯，說得也是。」被她的氣勢壓制，若葉開啟了自動鎖玄關。

紘僅是在一旁納悶地眺望著她們兩人。

「那你們稍等一下喔。我馬上把希望你們協助的東西拿來。」

紘等人在引領下來到起居室，若葉便到隔壁房間去了。那兒恐怕就是若葉的工作室吧。

「前輩、前輩！我還是第一次到插畫家的家裡叨擾！若葉小姐美妙的插圖，就是在那扇門的後面創造的對吧……！」

「嗯，是啊……要是在我們的支援之下，若葉小姐能稍微輕鬆一點就好。」

「請包在我身上！上至各類家事，下至繳納公共事業費用，我什麼都做！只要若葉小姐的工作能順利進行，不管是助一臂或兩臂之力──」

「小奈，妳可別收回這句話喔。」

紘等人聞聲而轉動視線……千千石整個人都嚇傻了，方才的氣勢就像假的一樣。

倘若紘的知識無誤，若葉現在拿在手上的東西──就是所謂的漫畫原稿吧。

「……那個……若葉小姐？」

見到若葉將原稿和畫具排在桌上，千千石面露抽搐笑容說：

「難道這是──」

「其實呀，下星期是黃金週對吧？這就是『那個活動』用的同人誌原稿。」

這麼說來──紘心想。現在是四月底……如果行有餘力他也想參加看看的那個活動，亦即於東京 Big Sight 舉辦的同人誌即售會就快揭幕了。

「墨線已經上好了，我想拜託你們塗黑。你們看，就把畫上叉叉的地方塗成黑色就行。可千萬不要誇張地塗錯喔。萬一原稿毀了，我可是會哭的。而且還是孩子氣地嚎啕大哭。」

解釋完畢後，若葉便雙手扠腰說：

「那麼，我去那邊幫插圖完稿。你們就鼓起幹勁試著做做看吧！」

「這我們怎麼可能做得到呀──────！」

說到這時千千石的冷汗，可真是汗如雨下。

「我可從來沒有畫過什麼漫畫喔！然而，妳卻要我幫忙畫同人誌……！」

「放心、放心，從簡單的地方畫起就好。方才我也說過，這連小學生都辦得到喔。妳想想，那些孩子很喜歡著色畫對吧？」

「我沒有辦法帶著玩耍的心情處理這麼重要的東西啦！」

「嗯~可是這個的截稿時間也不妙了。我得在今晚前進稿才行耶。」

「可……可是，憑我們的本事，可能會闖下無法收拾的禍……！對……對吧，前輩！」

唔——紘在戰戰兢兢的千千石身旁，用手抵著下頷說：

「連完稿都用手繪的人真罕見呢。您有什麼特別的堅持嗎？」

「因為我高中的時候就是這樣畫呀。偶爾也會想用傳統的方式作畫嘛。」

「前輩，你怎麼稀鬆平常地在和她對話呀！」

「……求妳了，小奈。我真的很傷腦筋。」

若葉對千千石露出一個有些過意不去的苦笑。

「其實拜託會畫漫畫的朋友是最好的，可是大家都不方便。我實在不曉得該如何是好呀……妳願意姑且一試嗎？」

「……嗚嗚~」

千千石交互看向若葉和原稿好幾次，而後——

「真是，妳太詐了啦……妳這樣子拜託我，我哪有辦法拒絕呢。」

「……謝啦。都畫到了這個地步，萬一最後還是來不及，會讓我很懊悔的。無論如何我都想完成它。我會教妳訣竅的，加油喔。」

「好！」千千石下定決心似的重新坐好，拿著墨筆低頭看向原稿……然而，不知她究竟有多麼緊張，筆尖猛烈地顫抖著，眼神則是心慌意亂。

瞄了這樣的千千石一眼，紘也面對起原稿來。

原稿上頭所畫的是，在古城中庭打掃的一名年輕女僕——換言之，這是一本奇幻走向的同人誌。考量到若葉擅長青春校園故事，這可說是意外的一面。在工作以外的地方，果然會想畫些和平時不同的東西嗎？

這下子可絕對不能失敗了——紘如此繃緊神經，提起墨筆——

他大膽但仔細地順暢畫著。

「……咦？」

見到紘以熟練的架式塗黑稿子，若葉和千千石浮現出目瞪口呆的表情。

在這當中，紘的手也未曾停下來。他俐落地時而換筆塗黑稿子——最後僅花了短短數分鐘，便完成了一張均勻且完全塗好的稿子。

「這樣如何呢？我好久沒畫了……」

「……成果完美到像是騙人的一樣呀！巳月，你不是初次幫漫畫塗黑對吧？難不成你過去是以當漫畫家為目標？」

「不，沒那回事。硬要說的話，這都是拜編輯業所賜。」

這時，千千石困惑地說：

「……什麼意思呢？」

「意思是，我不只一次像現在這樣幫老師畫稿……畢竟請老師完成工作，也是編輯的責任啊。」

那是紘才剛進公司第一年的事情。紘曾經幫一名插畫家畫過原稿。

「忙著進行同人誌相關作業，導致插畫沒有完成」似乎是古今中外皆然的事態。紘在前輩的帶領下殺到插畫家的工作室去，便是其契機。他就是在那時學到漫畫助手的技術。

「雖然實在比不上專職的人，不過簡單的工作我也能夠處理。不嫌棄的話，除了塗黑之外，還有其他我幫得上忙的地方嗎？」

「……小奈。我姑且跟妳確認一下，他是編輯對吧？」

「應該是，但我也開始沒信心了。」

「就是說呀。他和我所認識的編輯差很多呢……不過，真是太好了。這樣一來，只要巳月教教小奈，應該就不成問題了。」

「千千石，如果妳願意，要不要先暫時看我畫呢？或許可以成為參考。」

「好……好的……請你多多指教……了。」

紘再次下筆繪製原稿，千千石則是目不轉睛地盯著整個流程。雖然紘不曉得，但他和千千石的距離到底有多近呢？千千石不時「哇……」地傳來的感嘆聲，聽起來意外地大聲。

紘總覺得相當懷念。一年前，當千千石還在研修時期，紘也曾經像這樣寸步不離地教她編輯的工作。那時候的千千石也是如此拚命，為了不給別人扯後腿——

「巳月，你會非常親切地指導後進呢……小奈果然是迷上了巳月這種善良的地方嗎？」

紘的手戛然而止。

聽聞這句有如奇襲般突如其來的話語，紘抬起了頭——就在此時，他確實看見了。

千千石的臉蛋整個紅得像蘋果一樣。

「哇，我果然說中了。」

「——不……不不……不是啦！再說，我剛剛也講過了，我和前輩並沒有在交往！」

見到千千石羞紅著臉開始發怒，若葉愣愣地說：

「咦～？但是呀，妳可是特地和他一起到我家來不是嗎？我覺得若是沒有理由，不會這麼做吧。」

「就……就說了，那只是因為聯絡不上妳，我感到很不安罷了……！」

「真的就這樣？要找編輯前輩，也還有其他人吧？」

「……這……這個……」

不久後，千千石害臊地開口了。

「……因為巳月前輩最照顧我。當我想求援的時候，倏地浮現出來的是前輩的臉龐。」

「……小奈，我覺得在工作夥伴家裡曬恩愛很不ＯＫ喔。」

「還不是妳要我說的！」

見到若葉露出意味深長的笑容，千千石氣呼呼的。這片光景，讓人感覺她們之間的交情已經好到跨越了工作的藩籬……於是紘忽地喃喃說道：

「千千石非常信賴若葉老師呢。至少就我自己的經驗，沒看過有編輯和插畫家會這麼親暱地對話。」

「還好啦。畢竟小奈會努力地聽我的提案，坦白說她是個好編輯。再說，捉弄起來也很有勁嘛。」

「妳果然是在捉弄我嗎……」

「好啦好啦，原諒我嘛……往後或許沒機會再像這樣子跟妳說話了呢。」

「……啊——」

聽見這句話，讓千千石像是想起了什麼似的僵住了。

若葉露出爽朗的笑容，彷彿是在鼓勵千千石一樣。

「那麼，原稿就拜託嘍。我去著手處理黑白插畫……這次我也得鼓足幹勁才行，以免留下悔恨呢。」

若葉稍稍揮個手，便走進工作室去了。

千千石一瞬間寂寞地低下了頭，但隨後雙眼便充滿幹勁地說：

「前輩！可以請你教我怎麼塗黑嗎！」

「嗯……好，這沒問題……妳突然間是怎麼了？明明一直到剛剛都很害怕啊。」

「我也想協助若葉小姐！因為……這搞不好是我最後一次和若葉小姐一起工作了嘛！」

喔，原來如此，是這麼回事啊——光聽千千石這句話，紘便全盤理解了。

若葉所負責的輕小說系列，將在下集完結。

作家和編輯是命運共同體。縱使一部作品結束，下次也經常會一同創作。然而，哪怕是作家和編輯的期望，往後也不見得能採用同一位插畫家。一方面既有單純的檔期問題，而且選擇插畫家的基準，也會因為小說類型和風格而改變。

正是因為這樣，千千石和若葉才會想全力以赴。

「……也是。好，我就傳授給妳吧。這次也是為了讓若葉小姐畫出最棒的插畫。」

「是的！萬事拜託了！」

千千石緊握墨筆，屏氣凝神地望著紘替稿子塗黑的模樣。

塗黑絕非編輯的必要技能，不過總有一天會派上用場。就像現在，紘在協助若葉這般。

▽　兩名少女、兩名作家

紘和千千石及若葉告別並回到公寓，已經是傍晚時分了。

紘打開門首先看到的，是穿著運動服做著神祕運動的唯唯羽。
不曉得她有多專注，連紘在這兒都沒發現。她雙手拿著裝滿的寶特瓶，大大地開闔著。
紘還以為，她是在做什麼祈雨的儀式。
「……妳在做什麼，唯唯羽？」
「啊……嗯，我在稍微做個體操。歡迎回來，哥哥。」
說完，唯唯羽臉上浮現微笑。
會是運動不足嗎——紘儘管在意，卻未繼續深究。在唯唯羽的笑容前，什麼事情都不重要了。
「不說那個，我有事情想問你。你下個星期天要工作嗎？」
「不，下星期放假……這麼說來，我和妳約好要出門呢。妳想到哪兒去玩呢？」
「我想可能沒辦法。下個假日，我希望哥哥陪我去一個地方。」
「……什麼意思？」
「霧島老師來邀約，問下次要不要辦個完稿的慰勞會。」
「喔，原來如此。這樣很好不是嗎？」
相較於聲音格外開心的紘，唯唯羽掛著不安的表情說：
「……是不是該帶急救箱去比較好呢？」
「妳以為她會怎麼對妳啊？」

「我自己也明白，我們不會打起來……可是霧島老師好像非常生氣的樣子。」

紘回想起，禮爾大喊「我也不能輸給妳」的模樣。

紘心想：那樣確實說是抓狂了也不奇怪。

「我覺得她單純只是想和妳聊聊罷了。還有，妳希望我陪同的就是那場慰勞會吧？有需要的話，我也可以先來預約店家。」

「這倒不用。霧島老師已經決定好店家了。那就是——」

隨後唯唯羽所告知的建築物名稱，令紘啞口無言。

外頭看得見大海。

整面玻璃牆的另一頭，夕陽大約有一半沉在水平線以下，將東京灣的海洋染上了幻想色彩。這片風景讓人不禁悠然神往，然而如今的紘卻沒有餘力享受。

畢竟紘人正在某棟高級飯店的餐廳裡。

區區一介編輯，和這個地方有些不相襯吧。周遭的夫妻檔或全家福，所有人都穿著看似高級的衣服，甚至讓紘懷疑自己待在這兒是否恰當。

然而，坐在正面的禮爾，卻是一臉若無其事的表情吃著套餐菜餚。

禮爾忽然停下叉子說：

「你們不吃嗎？……難道選日式餐點比較好嗎？」

「不是那樣。我和唯唯羽是感到惶恐。」

看向隔壁，唯唯羽帶著彷彿瞧見怪獸的眼神，拿餐刀戳著餐點的龍蝦。紘也是初次親眼見到。當服務生拿著一隻大得亂七八糟的螯蝦來時，他還想說發生了什麼事，不過看來這東西叫作龍蝦。

「妳說慰勞會，我還以為會在都內隨便找一家飯館，但這裡可是感覺有三顆星等級的高級飯店餐廳啊。而且餐費還是由妳全額負擔。」

「沒關係呀，反正我會索取收據抵稅。如果是其他暢銷作家的話，大概能更豪氣地使用經費，但我可不行呢。其實我想搬到更貴的公寓去，可是忙到可能好一陣子無法如願。」

看到禮爾呼一聲嘆了口氣，唯唯羽的眼眸眨呀眨的。儘管同樣是女孩子，生活的世界卻天差地遠，使得她的理解跟不上吧。

「所以說，這種時候不把錢花掉，也只是會被課稅罷了。你們就不用客氣儘管吃吧。」

「——那……那個……」

唯唯羽低聲說道，一副好不容易才終於擠出這句話的模樣。

「謝謝您，霧島老師。」

「直呼我的名字就行了。」

禮爾露出冷漠神色說：

「我和妳的年紀及資歷只差一年，所以講敬語會讓我怪難為情的。」

「可……可是……」

「我都說沒關係了。『謝謝妳，禮爾』。來，重複一次。」

「……嗯……嗯。謝謝妳，禮爾。」

面對儘管生硬卻仍如此回答的唯唯羽，禮爾頷首說了句：「很好。」紘則是帶著柔和的目光眺望著這幅光景。

「……噯，禮爾。我可以問妳一件事嗎？」

唯唯羽的音調聽來，感覺緊張舒緩了一些。

「我一直覺得妳討厭我……我可以當成自己……搞錯了嗎？」

「很難說呢。」

登——愣！……感覺唯唯羽那邊傳來了這樣的音效。

見到唯唯羽幾乎要哭了出來，禮爾說：

「妳可別誤會，我並不是討厭妳的性格之類的。我總有一天非得贏過妳不可。因此，在那之前妳都是我的勁敵。」

「……我不是很懂，小說的勝負是什麼意思呢？」

「彰顯作家地位的要素有許多種。舉凡像是銷量、讀者評論，或是推特的跟隨者人數。不過對我而言，能夠覺得自己勝過妳的瞬間，就僅有一個。」

禮爾唰地豎起了食指。

「當妳讀了我的小說，並且覺得有趣到讓妳懊惱的程度，就是我贏了。除此之外，就是我輸了。」

「……可是，我覺得葛羅莉亞非常有趣呀。」

「那我問妳……妳覺得葛羅莉亞比妳自己的出道作還有意思嗎？」

這句話令唯唯羽瞬間屏息。她的反應無庸置疑的是——不。

然而，禮爾卻愉快地笑了。

簡直像是在心中嘀咕著「就是要這樣才對」。

「我的論點認為，每個作家的臉皮都厚到令人發笑的地步。雖然嘴上稱讚著其他作家，那也絕非虛言妄語，可是心底某處卻認為自己的作品才是最好的。所以，就算妳主張《在我和妳之間》是世上最有趣的小說，我也完全無所謂。因為我也是這麼看待葛羅莉亞的……直到我看了那部作品之後。」

禮爾將舀了湯的湯匙放入嘴裡。

「從那個瞬間開始，我就輸給了妳。在找回那份驕傲之前，我的戰鬥永遠不會止歇……所以，妳也趕快出書吧。雖然不甘心，不過妳的小說很有意思。雖然不甘心。」

不曉得是否很重要，禮爾重複講了兩次一樣的話。

唯唯羽淺淺一笑說：

「……嗯。說不定我馬上就能寫小說了。哥哥說，我正在擬的企畫書修改過之後，就會帶去會議中討論了。」

是這樣嗎？禮彌對紘投以一個帶有此種含意的眼神。

「……我不曉得可以跟妳說得多深入，不過目前我對唯唯羽的企畫很滿意。慎重起見我先聲明，我可沒有因為她是妹妹而偏心喔。」

「那麼，作品類型是什麼呢？」

「異世界奇幻故事。」

禮彌正要準備剁龍蝦殼的餐刀忽然停了下來。她肯定是回想起，以前讀過的那部唯唯羽寫的小說吧。

那部主角用「誓約勝利之劍」將對方炸得灰飛煙滅的混亂小說。

「我知道妳想說什麼，不過放心吧。我有叫唯唯羽去看其他的參考文獻，應該不會寫出像上次一樣的作品來。」

「是……是嗎？……太好了。一想像到那部小說付梓出版的狀況，我的雞皮疙瘩就停不下來。」

「……什麼意思？」

「唯唯羽，妳不用在意。」

面對呆愣的唯唯羽，禮彌硬是換了個話題說：

「那麼，這便是唯唯羽初次嘗試的類型呢。那個唯唯羽著手寫奇幻故事會成為什麼樣的

作品，我對此非常有興趣。等到新刊上市，我這個暢銷作家霧島禮爾會幫妳發推宣傳的。妳就喜極而泣吧。」

「……謝……謝謝妳？」

哼哼──見到禮爾一臉驕傲的模樣，唯唯羽無法對這份態度由衷地徹底感謝。

……她們倆恐怕都沒注意到吧。

當搬出企畫的話題時，紘的心中萌生了極為渺小的不安。

「總之，唯唯羽的努力不會白費是吧。那就來好好養精蓄銳吧。反正從明天開始，又要一如往常地黏在電腦前面了。」

「嗯。我好久沒泡溫泉了，有點興奮呢。」

隨後，紘維持著冷漠表情，將腦袋歪成了漂亮的直角。

溫泉……溫泉──溫泉？

「唯唯羽，我剛剛好像確實聽到了溫泉這個單字……」

「你不曉得嗎，紘？這間飯店的溫泉也有對一般客人開放。我有告訴唯唯羽才對呀。」

「……我沒說過嗎？」

沒聽說，現在是初次耳聞。

瞥了一眼茫茫然的紘，唯唯羽說：

「禮爾邀我一塊兒去泡溫泉，所以我有些緊張。為了讓胸部盡可能變大，我還有去做運動……不過看來沒什麼意義。」

「原來那場祈雨舞帶有這樣的含意嗎……！」

「你們兄妹倆在說什麼呀……」

禮禰發出傻眼的聲音。

「這兒的溫泉似乎相當用心，不輸給坊間的溫泉設施喔。雖然沒有源泉，不過草藥的功效似乎對肩頸痠痛很有療效，露天浴池還有絕佳的景色。而且，他們不但有三溫暖和美體沙龍，其他還有家庭浴池——」

「……家庭浴池？那麼——」

唯唯羽忽地說道，但又突然吞吞吐吐了起來。

「……還是算了。今天有禮禰在，那樣很失禮對吧。」

「……失禮是什麼意思？」

「呃……那個呀……」

低聲呢喃的唯唯羽，臉上帶有略顯遺憾的表情。

「我想幫哥哥洗身體。最近為了處理我和禮禰的截稿事宜，感覺哥哥很辛苦。我想說，那樣他會不會高興呢。」

禮禰露出了險峻目光——讓紘有股極其強烈的不祥預感。

紘也沒有蠢到忘記先前的經驗。儘管不明白箇中理由……一旦像這樣聊到紘和唯唯羽深

厚的兄妹愛之時，禮爾的心情便會當場變差。

所以，紘才會連忙打圓場：

「不，妳可別誤會。我也不是每天都拜託她。只是偶爾喔。只有真的很累的時候，才會請唯唯羽幫我刷背，嗯。」

他脫口講出這些毫無緩頰作用的說詞。

「……喔～原來和妹妹一塊兒洗澡，你的疲勞就會煙消雲散呀。真是美好的兄妹愛。」

聽聞這番別有深意的話語，唯唯羽靦腆地笑道：

「嗯，哥哥平時總是這麼對我說——唯唯羽幫我洗真是舒服。」

緊接著，傳來了一道猛刺東西的不祥聲響。

禮爾使盡了幾乎要刺穿蝦殼的渾身力氣，將餐刀刺在龍蝦上頭。

「……禮……禮爾？」

紘如此戰戰兢兢地向禮爾攀談，也是無可厚非的吧。

禮爾的雙眸燃燒著熊熊怒火，簡直像是覺醒了殺意波動（註：出自遊戲《快打旋風》系列，使人瘋狂的邪惡力量）一般。

「……也就是說，唯唯羽在滿是泡泡的浴室伺候紘，然後紘對唯唯羽的技巧產生了快感是吧？」

喂，別這樣。那是什麼充滿惡意的用字遣詞啊？

就在紘如此心想的瞬間，禮爾忽地默默離席。

「禮爾，妳要上哪兒去？」

「我覺得這是上天給我的好機會……接下來我要去取材。」

禮爾的嗓音十分靜謐，彷彿暗自下定了決心一樣。

「仔細想想，縱使至今我曾在小說中寫過男女一同沐浴的情境，可是我本人卻沒有體驗過。終歸只是將想像中的情景寫成文章。不過，若是當真想寫出富有獨創性的場景，就得向前邁進才行……因此──」

禮爾猛地回頭望向紘。

「我也要和唯唯羽一起搓揉紘的身體！」

「妳在高級飯店大喊什麼東西啊！」

然而，禮爾無視於忍不住站了起來的紘，俯視著唯唯羽說：

「我呀，不論是小說或『除此之外的事』都不能輸給妳。所以，我們來訂定一個協約吧……今後妳不能和紘一起洗澡。相對的，接下來我會準備家庭浴池，我們三個人一起泡。」

「咦？可……可是──我覺得別這樣比較好。我是他妹妹所以無妨，但禮爾妳會感到害羞吧？」

「……那是當然的吧。但又有什麼辦法呢，這都是為了小說呀。」

「冷靜點，禮爾。再說，我實在不適合當輕小說的取材對象。」

「這話什麼意思？」

「我已經二十四歲了喔，和一般輕小說主角的年紀有所落差。追根究柢，要幫服務讀者的場面取材本身就很不合常理了……妳應該找年齡相仿的異性，而不是我才對。」

「……～～！那我下次就寫一部由社會人士擔綱主角的小說！有一部十來歲的女孩子喜歡上大人的輕小說，又有何妨！」

撂下這番話，禮爾掛著好似動怒又像哭泣的表情離開了。

紘原本想硬是將禮爾挽留下來……但他作罷了。這是因為，四周的名流們都以可疑的眼神望著他們。

▽　裸裎相對

事情為何會變成這樣？

紘以僅將毛巾纏在腰上這副近乎全裸的打扮，如此自問自答。

映入紘視野中的，是受燈籠照耀的露天大浴槽。更後方則是閃耀著滿天星斗的夜空，以及宏偉的東京灣。這片夜景美得不像是現實。

只不過，如今的紘根本沒有餘力沉浸於感動當中。

「……久等了，哥哥。」

「我……我做好心理準備了……你可以轉過來沒關係，紘。」

聽見唯唯羽的聲音，紘生硬地轉過身子。

位在眼前的，是他兩名旗下作家——身上只圍著浴巾的唯唯羽和禮爾。

唯唯羽絲毫不覺得羞澀，一如平時面無表情地揚起眼神望著紘。小巧玲瓏的胸部，配上令人聯想到百合花的苗條身材。紘再次於心中喃喃說道：真是美麗的身軀。

而禮爾則是……

「可以聽我說一句嗎，禮爾？」

「……怎……怎樣啦？你有什麼意見不成？」

「方才妳說心理準備什麼的……如果害臊的話，別這麼做也行喔。」

前輩作家的威信徹底粉碎了。

因為禮爾用力閉著雙眼，躲在唯唯羽身後。

「……我、我姑且問一下，我張開眼睛沒關係吧？你有確實拿毛巾遮住重要部位嗎？」

「放心吧，就算是對我，哥哥也不會露出那種地方來。哥哥說，只有相愛的人才應該彼此裸裎以對。」

「明明會若無其事地看妹妹的裸體，卻在奇妙的地方很有貞操觀念呢……」

大概是這次終於做好覺悟了，禮爾睜開眼睛，怯怯地現身。

「──哇……」

她露出一臉茫然的表情，對紘恰到好處的緊實肉體發出感嘆聲。

然而，紘也一樣都快看到出神了。

平時全然未曾意識到……不過禮禰的身材相當完美。

那對豐滿的雙峰，即使纏著浴巾也看得出形狀。但她的腰身及大腿卻毫無一絲贅肉。只能以美麗這個詞彙稱讚。

面對如此理想的體態，紘就僅是無言以對。

「……哥哥，你的表情很不檢點。」

唯唯羽的嗓音聽來氣鼓鼓的。順帶一提，紘的表情就和平時一樣冷漠，不過身為妹妹的唯唯羽看得出細微變化吧。

「啊……嗯，抱歉。」

「贏了……！」禮禰對不悅的唯唯羽稍稍做出一個勝利姿勢，但紘不明就裡。八成是指胸部吧──他僅如此逕自下了結論。

「我們差不多該開始了吧……不然可能會感冒。」

「……嗯，那就麻煩了。」

紘背對著唯唯羽和禮禰，坐在木製的浴凳上。

過了一會兒，背上傳來兩塊海綿的觸感。雖然是紘的猜測，但細膩地清洗著的人是唯唯羽，略顯猶豫地碰觸著的人是禮爾。

「……你……你的身體還真硬呢。男人都是這樣的嗎？」

「我覺得哥哥算是有肌肉的了。他在當編輯之前，好像會自主進行鍛鍊。」

「這樣呀。果然很多事情不親自體驗是不會明白的呢……我筆下的那些女孩，不曉得是不是也抱著這種心情呢？」

「……嗳，禮爾。我可以問妳一件事嗎？」

「難道是關於小說的問題？……是無妨啦，但我只會像創作講義的時候那樣，給妳不痛不癢的回答喔。若是拜我所賜讓妳的小說變得有趣，會讓我感到懊惱——」

「禮爾，妳會為了小說揉捏自己的胸部嗎？」

咚——紘的背後竄過一陣衝擊。

縱使不直接看，他也知道發生了什麼事。是禮爾撞到頭了。

「因為，葛羅莉亞裡頭有滿多主角碰觸女主角胸部的描寫吧？我想說，妳是不是參考自己的胸部寫出那些橋段的。」

「……………………………………」

「因為，葛羅莉亞裡頭有滿多主角碰觸女主角胸——」

「我並不是沒聽見，妳用不著說兩次啦。」

禮爾語帶顫抖，讓人察覺得出來她明顯慌張不已。

「呃……不，畢竟妳也是女孩子，我是可以告訴妳沒關係啦。可是妳看，現在有紘在這兒吧？」

「無論妳多麼瘋狂地搓揉自己的胸部，我都無所謂啊。」

禮禰搓洗的手戛然而止。

「這反倒顯示出妳對小說有多麼嚴謹，我很欣賞就是了。」

「……是……是這樣嗎？」

一陣沉默之後，禮禰喃喃開口了。

「……我有在揉啦。這都是為了作品嘛。」

「果然是這樣呀……真好耶。我的胸部很小，所以對那方面的描寫沒什麼信心。」

這道嗓音情感畢露，完全不像唯唯羽的個性。

眼下的唯唯羽一定是因為談到小說而有些亢奮吧——不然的話……

「……我可以摸一下看看嗎？」

就不可能會對數個鐘頭前還在講敬語的對象，做出此等失禮的要求。

「啥！不，這個不太——」

然而，禮禰卻驟然屏住了氣息……不難想像到，紘的背後發生了什麼樣的狀況。

幾乎毫無疑問的，是唯唯羽在揉捏禮禰的胸部。

「討厭……我就說不行了嘛！嗯……妳要再溫柔一點——呼啊……」

「好軟……雖然我有在小說中描寫過，原來是這種觸感呀。」

唯唯羽八成想說這種機會千載難逢而一直在摸吧。紘的背後不斷傳來禮爾的嬌喘聲，未曾止歇過。

「噯……我說！可以了吧？妳差不多該放手了啦！」

「——」

「唯唯羽，妳的表情好嚇人！這東西不用那麼正經八百地搓揉啦！……紘，你現在可千萬不許看這裡！你要是看了，我當真會生氣喔！」

「嗯……好，我知道了……」

儘管不會想回過頭去，可是紘的心中七上八下的。

沒想到禮爾居然是拿自己的身體當參考，寫出葛羅莉亞的煽情場面……這就表示——

「難不成，我在不知不覺間讀了禮爾胸部觸感的形容嗎……？」

如此低喃後，熱水從紘的頭上嘩啦一聲澆了下來。

是禮爾粗魯地將水倒在他頭上。

「……抱歉。」

「——！我不理你了！」

禮爾生氣地進到浴槽去。大概是擔心這樣的她，唯唯羽說了句「不要緊嗎？」坐在禮爾身旁。

紘也泡進浴槽裡，同時注意著不要看到她們。

這裡的水溫舒適到會令人下意識地流瀉出嘆息。吹拂著火燙臉頰的晚風十分涼爽，甚至讓他覺得有辦法就此一路泡到破曉時分。

「呼……我的夢想終於實現，真是太好了。從撰寫葛羅莉亞的溫泉場景時，我就非常羨慕小說裡頭的眾人。唯唯羽，妳覺得呢？」

「……嗯，說得也是……」

「……唯唯羽妳真是的，舒適過頭到整個人完全鬆懈下來啦。」

雖然少女們和緩的嗓音令他欣慰，不過紘的看法也一樣。

最重要的是，她們為自己清洗身體一事的喜悅，是其他事物無從取代的。儘管起初覺得很害臊，但洗好之後才體會到，她們是多麼鄭重其事地在對待自己。

霎時間，紘莫名地害怕起來，認為「自己真的可以如此受到眷顧嗎」。

「嗳，有沒有什麼事情，可以讓我為妳們效勞呢？」

「……你怎麼了，哥哥？」

「沒有啦……妳們倆都在為了小說而努力，身為編輯的我卻受到這樣的慰勞，總讓我過意不去。」

紘向兩名少女開口攀談，視線並未朝向她們。

「平時妳們都聽我的意見在寫小說對吧？……其實該道謝的人是我才對。」

「……我們都已經合作了兩年，事到如今你在說什麼呀？作家和編輯齊心合力創作，不是天經地義的事情嗎？」

「……這份天經地義的事情，讓我幸福得不得了啊。」

聽聞紘靜靜闡述的話語，禮爾緘默下來。

紘有時候也會感到不安，覺得「自己當她們的責任編輯真的好嗎」。

不論是多麼優秀的編輯，都無法讓手邊負責的所有作品大賣。這是個讓旗下三成作品獲得成功，就會被讚揚為王牌製造機的世界。反過來說，剩下七成以上的輕小說，都會在銷售不佳的狀況下遭到埋沒。當中甚至也有直接封筆，許久未曾聯絡的作家。

儘管如此紘依然持續擔任編輯，而唯唯羽和禮爾，以及所有旗下作家都願意豎耳傾聽他的意見。

她們鐵定不曉得，這份事實有多麼令紘受到救贖。

「極其平凡地繼續作家與編輯的關係，其實是一件非常困難的事情……因此，我想做些可以讓妳們感到高興的事。」

禮爾像是心生動搖似的，嘩啦一聲濺起水來。

「咦……讓我們……高興的事？什……什麼都可以嗎？」

「嗯，前提是在我能力範圍內啦。」

「也……也是……我可能有點難以立刻給出答案，所以到我的願望確定下來之前，你可

別收回那句話喔。說好嘍！」

「喔……好，這倒無妨……唯唯羽，妳有什麼希望我效勞的事嗎？」

「……希望哥哥……效勞的事？」

停頓了一口氣的短暫時間，而後唯唯羽再次開口。

「呃……那麼……我只希望哥哥和我約好一件事。」

「……要約好什麼？」

假如她是要截稿時間更寬鬆一點，或是要求搭配紅透半邊天的插畫家，那該怎麼辦才好

——就在紘稍稍後悔之際……

唯唯羽靜謐的嗓音迴響在大浴場中。

「我希望哥哥今後也一直喜歡我的小說……只有這樣，不曉得行不行？」

紘半反射性地轉動了視線。

眼前出現的唯唯羽放鬆了表情，讓人清楚可知那是張笑容。

「……妳當真要做這種要求嗎？」

「嗯。對我而言這非常重要。」

唯唯羽帶著微笑對紘說：

「因為，當我的前一部作品確定腰斬，連一本續刊都沒辦法寫就完結的時候……哥哥你並未棄我於不顧吧？」

「那是當然的吧。為什麼我非得拋棄妳不可啊？」

紘的眼中看得見唯唯羽的未來。

總有一天，唯唯羽的作品會令許多人受到感動，永遠成為他們記憶中無法忘懷的名作。系列終有完結的一刻，但那套小說將會在讀者之間以至高無上的評價傳頌下去，而唯唯羽則是會成長為足以代表書系的作家，將之後的半輩子奉獻給小說。

真是愚蠢透頂——如果想這麼嘲笑，那就笑吧。

然而——打從心底相信這個天方夜譚的人，恐怕就只有紘了。

唯唯羽浮現著夢幻且柔美的笑容說：

「這是讓我覺得幸好哥哥是責編的主要理由。你比世上任何人都還要喜歡我的小說……我就要這樣的編輯。」

「而且呀，剛剛哥哥說和我們一塊兒工作很幸福，這點我也一樣……所以，我該說的話果然還是只有謝謝了。」

「先……先聲明，我也和唯唯羽有相同看法喔。」

略顯猶豫地開口的人是禮爾。

她肯定覺得很害臊吧。明明才泡在池水裡沒多久，她的臉蛋卻紅得像泡過頭了一樣。

「我一直認為，都是因為紘願意衷心面對我，我才能走到這個地步來。即使其他編輯開口拜託，我也絕對不會和紘分開的。」

紘無言以對。
唯唯羽和禮禰都覺得，幸虧這樣的自己是責編。身為一個編輯，這可是無上的讚美。
紘忍受著情感波濤翻騰，而唯唯羽抬起眼神凝望著他說：
「因此，倘若問我想要做什麼，我會希望哥哥保持這樣，做自己就好……除此之外，我什麼都不要。」
「……這樣……啊……」
紘在心中露出苦笑——看來我似乎變得太懦弱了。
既然她期盼照舊即可，那麼紘該做的事情自不用說。
就只有死心塌地的繼續當唯唯羽她們的書迷了吧。

▽　會議漫舞

從紘和唯唯羽及禮禰兩人一同入浴以來，過了十天左右。
換句話說，今天是五月中旬的星期四。
而在紘所任職的編輯部，週四這天帶有特別的意義。
「那麼，首先就由我來進行企畫簡報……請多多指教。」

在會議室當中，編輯們坐在甜甜圈型的圓桌前。紘向他們鞠了個躬。

接下來要舉行的，是提案出版企畫的重要會議——通稱企畫會議。

此刻，紘正要替唯唯羽的企畫做報告。

「這次的企畫，是唯唯羽尋老師所撰寫的異世界奇幻故事。詳情可參見方才我發給各位的資料。」

紘再次看向在場的三名編輯。

其中一人是三十來歲的男性，面貌柔和的副主編。另一個人則是悄悄地對紘做了個勝利姿勢，像是要對他說「加油～」的千千石。題外話，由於只要她在，很容易變得殺氣騰騰的會議就會一團和氣，因此她的存在非常令人感激。

而最後一個人——則是賀內亮二。

他是以前在拉麵店和紘碰過面，放話要求紘讓出唯唯羽的編輯。

見到賀內彷彿在測試自己一般的目光，紘對自己說：我絕對要讓企畫通過。

即使語出恭維，唯唯羽也算不上是具有知名度的作家。半吊子的企畫想必一定會被打回票。不過，紘手上的東西可是唯唯羽使出了渾身解數，從四百個點子當中精挑細選出來，跨越了有如地獄般的嚴苛考驗而成形的企畫。

想當然耳，紘也抱有這會成為一部好作品的預感。不然的話，他打從一開始就不會帶到會議來討論了。

因此，接下來要如何主張這部企畫有多麼美好、「能夠帶來收益」，便是編輯展現本領的時候了。

「唔……」副主編手抵著下頷說：

「關鍵字是『轉生作品』、『我是主角我超強』、『外掛』……這些單字我看過上百萬次了。現在很流行這些，或許是理所當然的，不過這會有意思嗎？」

「我的目標放在穩紮穩打的銷售上頭。」

紘端正姿勢，以清楚的口吻闡述。

「不得不說，唯唯羽老師在現今的輕小說市場沒什麼知名度。與其塞進高風險的挑戰性要素，不如打造一部引人注目的作品，讓讀者能夠確實伸手翻閱。這是我的想法。」

紘口若懸河，毫無遲滯——這也是當然的。因為他早已預料到副主編會有什麼意見了。正是料想到會有這樣的反對意見，所以紘才準備了容易獲得編輯共鳴的說詞。實際上，他壓根沒有「賣得動就好」的想法。

首先要通過企畫，之後再製作一部有唯唯羽風格的作品。他將此視為第一要務。

「再說，唯唯羽老師過去的作品也受到讀者一定的支持。我想各位應該也知道，她在去年的新人獎當中奪下最優秀獎的實力。」

「啊～我知道！因為我也都快哭了嘛！」

聽見千千石這麼說，副主編嘻嘻地笑了。

這走向很好——紘在心中竊笑。

「唯唯羽老師是初次挑戰異世界奇幻這種類型。因此，表面上雖是走流行路線，但我認為唯唯羽老師並未定型的獨特創意，將會在內容裡發揮出來……各位覺得如何呢？」

「……賀內，你有沒有什麼意見？」

在場所有人聽見副主編這句話，便將視線轉到面無表情地眺望著企畫大綱的賀內身上。他究竟在想什麼呢？從他的表情當中看不出情感。

而後，賀內他——

「……不錯啊。就目前來看，我認為這是絕佳的企畫。」

賀內一副若無其事的模樣，稱讚著唯唯羽的企畫。

「並非莫名地標新立異，而是塞進了一堆暢銷要素，塞到令人尷尬的地步，這點我很喜歡。應該會賣出不錯的銷售數字吧。」

「原來如此。那麼，接著是企畫大綱——你怎麼了，巳月？」

紘沒能立刻對副主編的詢問做出反應。

這也無可厚非——這是因為，希望擔任唯唯羽編輯的賀內，竟會毫無顧忌地稱讚紘的企畫，這遠比前輩和千千石的意見更出乎紘的意料。

「……沒有，不好意思。那麼，接下來是簡介的部分——」

……花了數十分鐘的時間後，會議平安落幕了。之後只要請示主編的意見並獲得許可，

就能開始寫作了。

換句話說——紘的簡報成功了。

「可以借點時間嗎？我有事要跟你說。」

剛走出會議室的賀內，聽見紘的呼喚而回過頭來。

「怎樣啦？」

「你剛剛稱讚唯唯羽老師的企畫不錯……那番話應該不是騙人的對吧？」

「你一直以來都把我當作什麼樣的傢伙啦……」

賀內傷腦筋地搔著頭說：

「縱使對象是你，我也沒有扭曲到會劈頭否定啦。應該說，我感到很意外。雖然我想請唯唯羽小姐寫異世界奇幻故事，但沒想到你居然會拿來一部企畫，裡頭採納了那種司空見慣的暢銷要素……我說的準沒錯。只要身為責編的你不出包，作品絕對沒有滯銷的可能。」

這時，賀內轉過了身子。

「……坦白說，我超不甘心的。剛才的企畫，連我都想和唯唯羽小姐一同創作了。」

靦腆的聲音，讓紘懷疑是不是自己聽錯了。

然而，在紘試圖開口問個清楚之前，賀內便匆匆離去了。紘也並未叫住他，就僅是眺望著賀內的背影。

賀內嘴巴很毒，而且只要關乎到唯唯羽，他對紘就會很刻薄……不過，他絕對不是一個壞人。

「……這搞不好是第一次被那傢伙稱讚耶。」

紘茫茫然地有如自言自語般說道。

▽　試煉及風波

「歡迎回來，哥哥。」

一打開公寓的房門，迎接紘的便是妹妹一如往常惹人憐愛的聲音。唯唯羽走向紘，精神奕奕地接下了哥哥的包包。

「哥哥，你有什麼想吃的嗎？如果是簡單的東西，我可以來做喔。」

「不，沒關係。謝謝妳……嗳，唯唯羽。我有一件關於企畫的事情要說。」

唯唯羽的雙肩倏地抖了一下。

而後像是要叫紘稍等一下似的對他高舉雙手，並大大地做了一口深呼吸。

「……嗯，可以了。我做好心理準備了，大部分的狀況都挨得住。就算哥哥你跟我說企畫在會議上沒通過，我也不要緊。」

「這還真是頗積極的負面思考啊……再說，妳可以暫且放心喔。事情並沒有演變成妳所擔心的那樣。」

「咦……？那……那麼，意思是那個企畫通過了嗎？」

「不，老實說這很難講。主編也很喜歡妳的企畫，不過這次狀況有點複雜。」

紘是在今天晚上拿唯唯羽的企畫給主編看的。由於迴響出乎紘的預料，儘管有幾個地方被要求修正，但基本上主編希望他們就這麼進行。這便是主編的意思。

只不過……在進到寫稿階段前，有件事必須拜託唯唯羽才行。

「這是我和主編商量後決定的結論……我們希望妳只寫第一章就好。」

「……只寫……第一章？」

「妳是第一次寫異世界奇幻故事，應該有很多地方寫不慣吧？因此，我們會先確認一次原稿，感覺沒什麼問題的話再直接寫初稿。」

紘這番話並無虛假。這是唯唯羽初次挑戰撰寫的類型，實際上主編也在擔心她……然而，紘卻沒有說出最重要的事。

紘之所以希望唯唯羽只寫第一章就好，是出自於更根本的理由。

不過，唯唯羽絲毫沒有察覺，揚起眼神凝望著紘說：

「是這樣呀……我說不定終於能夠出書了呢。」

「妳覺得很不安嗎？」

「……嗯，有一點。我自己也不曉得，最後會成為什麼樣的小說。」

唯唯羽將手輕輕擱在胸口說：

「不過，很開心可以寫小說，也是我如假包換的心情。為了和哥哥再次一同打造作品，我很努力地寫了企畫嘛。」

紘最清楚這番話多麼有份量。唯唯羽是他的妹妹，同時也是旗下作家。一路以來在身邊看著她努力的人正是紘。

「所以呀，既然有辦法再度出書，我會打起精神來寫小說的。」

「……嗯。我很期待喔，唯唯羽。」

紘吐露著肺腑之言……但在內心深處，卻有一份無法讓唯唯羽得知的不安侵蝕著他。

拜託最後以我的杞人憂天落幕——紘強烈地如此盼望。

縱使唯唯羽開始寫作，紘的工作本身也沒有改變。他時而確認著作家的稿子，時而發案子給插畫家，或是和設計師進行討論。

這樣的日子過了一週左右，如今紘的手上拿著唯唯羽的原稿。

那是以前和唯唯羽商討之後，她所寫下的第一章原稿。

「——關於這次的稿子……」

唯唯羽帶著緊張的神色坐在紘的正前方。紘對這樣的她開口道：

「我覺得還不壞。以初次挑戰來說，妳寫得很好喔。」

「真的？」

「是啊。世界觀和作品用語的說明拿捏得恰到好處，情景和怪物的描寫也很不錯。」

「……謝謝你，哥哥。」

一瞬間，唯唯羽羞澀地低下了頭去，而後她紅著臉說：

「那麼，已經可以正式動筆——」

「在回答那個問題之前，我有一個問題想問……妳在這次的稿子裡，有沒有覺得哪裡突兀呢？」

唯唯羽的身子明顯地僵住了。簡直像是在說「你怎麼會知道」一樣。

「……嗯。其實有滿多地方我都沒辦法接受。但我想說，那些地方可能等改稿再慢慢修正就好。」

聽聞這句話，紘放心了下來。因為紘也有同樣的感受。

「我也這麼認為。具體來說，我覺得妳的文筆和過去的作品大相逕庭。」

坦白說，紘的說法有點委婉。倘若他將心中所思一五一十地據實以告，唯唯羽恐怕會受傷吧。

唯唯羽的文筆在這篇小說中沒有發揮到。

這便是讀了這次的稿子後，紘內心率直的感想。

比方說像是角色魅力，或是大大關乎故事的心理層面描寫。這些應該要牽動讀者情緒的要素，並未讓紘的心中產生任何漣漪。

其原因在於——唯唯羽的武器「文筆」退步了。

紘隱約有察覺到理由，但……

「所以，雖然對妳很不好意思，但希望妳以我的意見為參考再修改一次。我們之後再來正式進行後續的撰稿，好嗎？」

「……嗯。」

唯唯羽稍稍低著頭，可能是重寫的要求令她頗為難受吧。

「我知道了。既然哥哥這麼說，那我就再寫一次看看。」

「……抱歉，唯唯羽。」

「沒關係，因為哥哥是我的編輯嘛。我相信哥哥。」

語畢，唯唯羽露出了堅強的笑容。

「因此……我會盡力寫出讓哥哥開心的小說。」

◇

過了一個星期後。

初次的改稿唯唯羽尚有餘裕。她也同意紘所說的「文章的個人特色還沒有回來」，於是再次和紘進行了討論。若是這本小說問世之後，不曉得會不會再版呢？唯唯羽說著這種話鼓勵自己。

之後又過了一個星期。

第二次改稿唯唯羽仍熱衷地傾聽紘的意見。妳的文筆變得有些獨特，可是看起來像是在勉強自己——對紘這句建議，她也默默地點頭同意。如果出書之後順利再版，還附有許多店鋪特典，甚至漫畫化和動畫化的話，那真令人開心呢。唯唯羽的臉上還掛著笑容。

一個星期又過去了。

第三次的改稿，唯唯羽的表情顯露出疲態。抱歉讓妳重複做同樣的事情那麼多次，拜託妳再重寫一次吧——她無力地頷首接受紘這番話。我能夠出版小說對吧？面對似乎在逞強的唯唯羽，紘說了句「加油吧」。紘無法回答她說「鐵定能夠出版」。

◇

接著又到了下一個星期。

第四次改稿時，唯唯羽臉上的笑容已不復存在。

見到唯唯羽一臉沉痛地低下頭，紘帶著椎心刺骨的心情對她開口說：

「……抱歉，唯唯羽。」

唯唯羽的肩膀稍微晃了一下，八成是聽到這句話便察覺了一切吧。

「妳的文筆果然還是又變得平淡了。該怎麼說，我感覺不太到妳的特色……我們再來討論一次吧。下次一定要上軌道。」

「……是什麼地方不行呢？」

紘不禁屏息。

至今真摯地傾聽紘建議的唯唯羽，第一次提出了疑問。

「我不懂……為什麼哥哥你無法接受呢？」

這個瞬間，紘回想起了警惕自己的信條。

──作家與編輯之間，最需要的是信任。

看來到極限了──紘改變了自己的想法。

「……唯唯羽，我喜歡妳的小說。無論是出道作、前作，以及至今我所閱讀過的所有作品，我都覺得很有意思，絕不誇大。」

「……哥哥？」

「正是因為這樣，所以我希望妳回答我。」

紘對著愣愣的唯唯羽說：

「妳當真想寫這部小說嗎？」

「……嗯，是呀。」

理所當然會這樣回答吧——紘在心中點頭稱是。這可是唯唯羽如此辛苦才完成的企畫，她不可能不希望書本問世。

「唯唯羽，妳之所以想寫這部小說——」

因此——問題在後頭。

「——是否單單只因為它可能會賣？」

時間停滯了。起碼紘有這樣的錯覺。

唯唯羽一聲不吭地僵在原地。如此一來，紘這道疑問的答覆——恐怕是「對」。

頓時後悔之意襲上心頭，讓紘好想痛扁自己。

覺得唯唯羽的企畫很優秀的想法並非謊言。但正因如此，才讓他一直不正視這個疑念。

唯唯羽她……並不認為這個企畫很有趣吧？

因此，紘才遲遲無法准許唯唯羽正式撰稿。

這份稿子，和過去紘所愛的唯唯羽作品天差地遠。

「唯唯羽，這樣不行啊。作家不該有『只要賣得掉，要我寫什麼都行』的念頭。即使世上的人們都否定，但這部作品絕對很有意思——如果不是能如此抬頭挺胸的作品，就不會感動人心啊。」

「……我不明白哥哥在說什麼。」

這片光景，紘必定連去想像都不願意。

唯唯羽她——帶著泫然欲泣的表情垂下了頭。

「那麼，為什麼……我的小說全都腰斬了呢？」

唯唯羽緊緊抓著裙襬。

「不管是出道作或前作，我都覺得很有趣。哥哥也是這麼稱讚它們的。可是卻賣不好對吧？既然如此——『錯的人其實是我們，不是嗎』？」

這番話，肯定是全世界的小說家都抱持著的疑問。

為何讀者不願意說它好看呢？

為何讀者不明白這部小說的優秀之處呢？

而紘他……無從回答唯唯羽悲痛的提問。

「我想要永遠和哥哥保持作家和編輯的關係。那麼……創作一部賣得動的小說，不就是我的工作嗎？」

唯唯羽這份主張，原本應是身為編輯的紘該說的。這點紘也很清楚。

然而紘心中的某種事物，卻發瘋似的大喊「絕對不是那樣」。

「作家和編輯都一樣，到頭來就是在做生意。不做出成績就不會受到承認，這件事我再明白也不過了……可是……」

紘筆直地凝視著唯唯羽。

他的眼瞳裡，蘊含著無可撼動的鋼鐵意志。

「即使讓一部欠缺熱情和驕傲的作品問世，作家和編輯也都無法得到幸福。會剩下的，就只有『我居然推出這種作品』的罪惡感而已……我希望讓許許多多的人們，伸手翻閱我打從心底認為有趣的小說。」

……一陣漫長無比的沉默降臨室內。

率先打破沉默的人是唯唯羽。

「……抱歉，哥哥。我需要一點時間考慮。」

唯唯羽有如幽魂一般無力地站了起來。

「哥哥的話讓我很開心……但我還是不喜歡這樣。讀者少到被腰斬，以致於懷疑自己的小說沒有價值——我不想再嘗受到這種苦澀的滋味了。」

說完這些話，唯唯羽便回到自己的房間去，也不和紘討論後續了。獨自被留下來的紘，耳中所聽見的只有掛鐘秒針冰冷的聲音。

身為編輯的我，是否做錯了呢？

紘忽然萌生起這種想法。

不論動機為何，唯唯羽應該是真心想寫這部小說才對。所以才會和禮禰一塊兒不眠不休地擬定企畫，還像這樣忍受四次的改稿。

既然如此，自己對唯唯羽的執著，以編輯來說是不是毫無意義的呢？如果真為她好，是否該直接讓她寫作呢？

目前的自己對唯唯羽而言，究竟算不算是好編輯呢？

現在的紘沒有辦法順利回答出來。

▽ 為誰而戰

紘是唯唯羽在這世上唯一一個無可取代的人。

當然，唯唯羽還有其他的夥伴。儘管數量稀少，但她在高中也有朋友，而且也信賴著對方。然而，紘和那些朋友有著某種決定性的差異。

果然還是因為紘是她哥哥吧。

唯唯羽從小就不熱情又內向，不怎麼會讀書，運動則更差。可是，紘卻一直待在這樣的她身邊。

最重要的是——第一個認真看唯唯羽小說的人，是紘。

雖然小學念到一半時兩人就骨肉離散，但小說填補了這段物理上的距離。當紘讚美小說時，感覺就像他溫柔地撫摸自己的頭；而指出缺點時，又好似他敲敲肩膀鼓勵著自己。

縱使相隔千里之遙，小說也聯繫著他們——所以，唯唯羽盼望有一天能在職業的世界當中和紘一塊兒創作小說，也是早晚的問題吧。

……但如今的唯唯羽，卻初次對紘抱持著不信任感。

唯唯羽想永遠和他一起打造輕小說。為此，有必要寫出許多讀者願意看的作品——但這卻遭到紘否定了。

是否不論自己再怎麼寫，紘都不會認同呢？

唯唯羽的腦中淨是在思索這件事。

「也就是說，妳和紘吵架啦。這樣很好不是嗎？再多吵一點呀。」

唯唯羽的心情，遭到禮爾毫不留情地駁斥。

聽到這番話，唯唯羽整個人目瞪口呆。無視於這樣的她，禮爾嚼著堆積如山的洋芋片。

唯唯羽和禮爾目前人在傍晚時分的家庭餐廳中。剛放學的唯唯羽，一時衝動地傳了一則「我有話想跟妳聊聊」的ＬＩＮＥ訊息給禮爾。

就只有她們兩人。

對怕生的唯唯羽而言，這等同於自殺。當話題說盡，唯唯羽就只能紅著臉縮成一團了。

但她又不能帶紘一塊兒來。

她之所以找禮爾出來，就是要商量紘的事情。

「……可……可是，我還是第一次和哥哥吵架。我在想，這樣下去真的好嗎——」

「我認為這是作家和編輯極度健全的關係喔。能夠和平地創造作品是最好，但偶爾也得以幾乎要互揪領口般的氣勢強烈表達自己的意見才行。」

「……是……這樣嗎？」

「……難不成，妳覺得若是其他編輯，就有可能馬上讓妳寫小說？」

「沒……沒那回事。我一定要哥哥當我的編輯才可以。」

唯唯羽慌張到都快探出身子的地步說：

「我只是昨天和哥哥吵了一架後，搞不太清楚自己真正該寫的小說究竟是什麼罷了……我是不是錯了呢？作家該寫的，不是賣得動的小說嗎？」

「………」

沉默蔓延了開來，令她們甚至能清楚聽見店裡的女高中生和情侶的閒聊。

而後，禮爾以正經的神色開口說道：

「我認為妳說的話是正確的。作品賣得好，幾乎等同於讀者認定有趣。向讀者諂媚完全不是什麼可恥之事……不過，最近我的想法有點改變了。」

「……什麼意思？」

「作家必須要撰寫讀者追求的東西，但光那樣是不夠的……我們身處的地方，可不是光追求暢銷要素就能存活的溫吞世界呀。」

禮爾的目光，銳利到感覺都可以割傷人了。

霧島禮爾這名她所尊敬的作家，唯唯羽在此確實見識到了她的影子。

「為了讓讀者覺得有意思而學習流行事物，以一個作家的態度來說並沒有錯。輕小說便是那樣成長的嘛……可是呀，有一個人物，我們必須要讓他比任何人都覺得作品很有趣而沉迷其中。」

「……這是指編輯嗎？還是指願意閱讀的人們？」

「不對。」

隔了一拍，禮爾斬釘截鐵地說道：

「那個人就是撰寫小說的『作家本人』。」

剎那間，唯唯羽的腦中映出了哥哥的身影。

那是拚命地闡述著「欠缺熱情及驕傲的小說，打動不了讀者」的編輯身影。

「哥哥也說了同樣的話……可是——」

「妳害怕再次腰斬嗎？……不過，我覺得那樣是對的。」

禮爾認真但溫柔的嗓音，簡直像是在激勵著唯唯羽似的。

「萬一這部小說遭到否定，或許就無法再度振作起來了——正是這樣的作品，才有『撰寫的意義』。至少我是如此相信的。」

這句話使得唯唯羽腦中變得一片空白，連她自己都嚇了一跳。

回想起來，直到目前的企畫成形，她累積了許多時間和努力……然而事到如今，唯唯羽捫心自問著。

追根究柢——自己為什麼在寫小說呢？

「我是因為想寫出比任何人都有趣的小說而成為作家的。不論今後我撰寫何種作品，唯有這點絕對不能迷失。那便是霧島禮爾這名作家的性格，同時也是持續寫作的理由……曖，唯唯羽。」

唯唯羽的心跳有如倒數計時般狂跳不止。

不久，禮爾筆直地凝視著唯唯羽的眼眸，開口詢問。

問出那個最為原始的，但唯唯羽遺忘至今的疑問。

「妳為什麼會想成為小說家呢？」

有如心臟中了一槍般，唯唯羽抬起了頭來。

「我想成為小說家的理由？」

唯唯羽再度自問。

唯唯羽她也喜歡小說。寫文的時候會廢寢忘食，將筆下的角色視如己出般疼愛，推進故

事時甚至還會淚流滿面。

而唯唯羽之所以會夢想成為小說家的關鍵理由——

「——那是因為哥哥稱讚我的小說很有趣。」

這一定就是開端。

都是因為紘認為「她有寫作的才能」並推波助瀾，才有現在的唯唯羽。而唯唯羽則是憑藉著《在我和妳之間》這部小說，好不容易才成為輕小說作家。這也是從小便陪伴在身旁的哥哥，盼望著一同創作的成果。

唯唯羽心想，自己怎麼會忘掉這麼簡單的事情呢？

正是由於哥哥以編輯的身分，認同了她初次投稿的那部小說——唯唯羽才會希望以作家的身分，和紘一路走下去啊。

「這下子妳應該總算明白了吧？明白自己該寫的是何種小說。」

唯唯羽忽地回過神，發現眼前的禮爾浮現出挑釁的笑容。

「我想，你們倆該打造的輕小說，一定是那種作品吧。也正因為是那種作品，我才會抱有『總有一天想超越它』的念頭……況且，就連紘都『如此』迷戀著妳的小說呢。」

「……『如此』是什麼意思呢？」

禮爾並未回答唯唯羽的疑問，相對的則是從包包拿出了平板電腦來。

「我想妳八成也有讀過……但可能再次回想起來會比較好。」

語畢，禮爾亮出了「某個畫面」給唯唯羽瞧。

「……這是——」

「妳要相信紘……他可是妳的編輯呀。」

唯唯羽茫然地盯著禮爾的笑容，而後又一次看向平板的畫面。

情感有如滾滾濁流般湧上，思緒整個亂成一團。然而，唯唯羽覺得好像明白了自己該做的那件事為何。

唯唯羽靜靜地，但抱持著決心在心中低喃道：

——再和哥哥碰一次面吧。為了將我的心情傳達給他。

▽　深夜時分的討論

時刻已經來到了兩點。

並非下午，而是凌晨兩點。

在這個可說深夜時分的時間帶，紘獨自一人佇立在自家公寓門前。

三更半夜回家對紘來說不是什麼新鮮事。當他如此晚歸時，大部分的狀況會是唯唯羽早已就寢，取而代之地在桌上放一張寫著「你今天工作也辛苦了」的便條紙。至此紘的一天才

總算落幕。

然而，他覺得唯有今天，桌上不會殘留任何東西。

「我是在尷尬個什麼勁啊？只要再跟唯唯羽談一次就好了吧。」

紘出言鼓舞自己，正打算要開門的時候，他的手忽然停了下來。

開啟的門扉後方透出了光線來。

——她忘記關燈了嗎？

紘納悶地踏進家中……眼前的光景令他愣在原地。

唯唯羽在起居室當中，正面對著筆電。

「……歡迎回來，哥哥。你今天工作也辛苦了。」

一如往常的微笑，以及迎接紘的話語。

但紘卻連「我回來了」這句理所當然的回應都忘了。

「唯唯羽，妳怎麼還醒著？」

「……我有話想跟哥哥說。是關於昨天的小說。」

那明天再說也行吧……紘在緊要關頭將這句話吞了回去。

這是因為，唯唯羽看向他的眼神，就像寫小說時那麼認真。

「我有個請求……希望哥哥讓我中止現在所寫的小說。」

照理說，這句話也是紘的期望才對。但紘無法由衷地感到高興。

「可以告訴我理由嗎？倘若妳是勉強遵循我的意見……那我這編輯所做的就是錯的。」

「不是那樣。哥哥，你還記得我拿企畫案給你看的事嗎？就是我從眾多點子當中挑選出來，說自己想寫的東西。」

紘自然記得。那是唯唯羽熬夜寫企畫前五天左右的事。她指的是那本從四百個點子裡精挑細選出來的活頁簿。

「我一直隱瞞到現在……其實我還有一個想試試看的企畫。」

當時的情景，有如一道閃光般浮現在紘的腦中。

那時，活頁簿裡——有個看似粗魯擦拭掉，黑黑糊糊的痕跡。

「是妳在給我看之前擦掉的東西嗎？」

「坦白說，那是我在所有點子當中最喜歡的一個，所以我一直猶豫到最後一刻才把它給擦掉。因為它和其他點子不一樣，並不像暢銷作品……可是呀，我認為那個企畫肯定會變得很有趣，如今也依然覺得很興奮呢。」

唯唯羽淺淺一笑，忽然開始操作起電腦。

「我認為，自己應該和哥哥一同打造的作品，一定就是那種小說……是禮爾讓我回想起來，為什麼我的編輯非得是哥哥不可。」

「……我非得是唯唯羽責編的……理由？」

「嗯……你看一下這個。」

看到望著電腦的唯唯羽，紘內心抱持著昨天的疑問。

自己對唯唯羽來說，是不是個好編輯呢——答案會在那兒嗎？

紘感覺到脖子緊張得硬邦邦，同時走進室內。他一步一步緩緩地接近唯唯羽，並盯著電腦畫面瞧。

就在這一剎那——

距今一年又數個月的記憶，在紘的腦中復甦了過來。

螢幕裡頭寫的——是紘對唯唯羽的出道作做出的評語。

參賽編號第三號《在我和妳之間》。唯唯羽尋（十四歲）。

題材雖是娛樂小說裡中規中矩的「當男孩遇上女孩」，作者卻令它昇華至足以留到最終評選，其實力可圈可點。堪稱本次得獎作中大放異彩的一部作品吧。

表現出登場人物內心細微的轉折以及苦澀關係的文筆極具壓倒性，讓人光是閱讀便受到作品深深吸引，這毫無疑問會是作者的一大武器。

只不過，表達角色魅力的技巧不佳，此為扣分之處。為了能夠讓更多人將情感投射進故事裡，舉凡深入挖掘主角或女主角的小插曲，或是描寫稀鬆平常的對話，將會成為作者的課題吧。

最後，這終歸是我個人的意見。

我還是第一次因為新人獎投稿作而落淚。

「啊，對喔……是這樣沒錯。」

紘為何想和唯唯羽一同創作輕小說呢？這個答案早就出來了，只是他忘記罷了。

當時他在空無一人的編輯部裡流下淚水——

喜歡唯唯羽如此扣人心弦的小說，這就是原因。

「那時，因為哥哥從無數的投稿作品當中選了《在我和妳之間》，我才得以成為作家。所以我覺得呀，只要我還是輕小說作家，而哥哥是責任編輯，我們倆誰都不能改變。」

唯唯羽將目光從電腦螢幕轉向紘身上。

「哥哥，我想寫出你初次為我的小說感動萬分那般的作品。我認為，那必定就是唯唯羽尋和巳月紘的作品……因此呀——」

接著，唯唯羽說出紘曾經講過的那句話。

「我們再一次從零開始吧。」

紘捫心自問。

我們的原點在哪兒呢？

是彼此決定要創造一部不會腰斬的作品那時嗎？抑或是讀了國中時期的唯唯羽寫出的小說那時呢？……恐怕兩者皆非。

兩人的原點在於，紘期盼以一名編輯的身分，和唯唯羽一塊兒創作的那個瞬間。

既然如此——他們只要像當時那樣做出輕小說就好。

「……唯唯羽，身為一個編輯，我還很不成熟。我沒有辦法令所有旗下作家的努力開花結果。當中肯定也有人因為無法推出暢銷作品而感到悔恨。」

紘並不曉得，自己身為編輯的所作所為正不正確。

儘管如此，他依然想走在不會後悔的道路上。

「但就算是這樣的我，也能和妳保證……我會面對妳的小說到最後。」

「……嗯。我想和這樣的哥哥永遠在一起。」

兩人臉上露出笑容後，紘站了起來。

「那麼，我們又得從企畫階段重新來過了。截稿時間怎麼辦？」

「企畫我已經寫好了喔。」

一瞬間紘還以為自己聽錯了。

然而，唯唯羽一副若無其事的樣子，開啟了某個文字檔。

「這是我在等哥哥回家的時候試著寫出來的……怎麼樣呢？」

眼前的檔案是鉅細靡遺的大綱，甚至足以立刻帶到會議中討論。書名、簡介、角色、故事情節，這些項目全都毫無遺漏地完美寫了下來。

「……妳真厲害。上次的企畫明明花了五天，這次妳居然能在一天內使之成形。」

「因為我前一陣子就有構想了。這樣你應該可以馬上幫我看對吧？……還有，我有件事得向哥哥道歉。」

唯唯羽忽然別開了眼神，像個坦承自己惡作劇的孩子一般。

「其實呀，我原本打算只寫一點點就好，但是一下筆就停不住了。可是，我無論如何都希望哥哥看一下──」

「慢著……妳說『一下筆』是怎麼回事？」

唯唯羽並未答覆，而是回到了自己的房間去。

不久後她拿過來的，是一疊約有五十張的Ａ４列印紙。

「……就是……指這個。」

那是──小說的原稿。

才剛這麼想，隨後紘便抱著「這麼說來也是」的念頭，甚至覺得有些懷念。

從唯唯羽頭一次拿小說給他看的時候便是如此……尤其是在小說方面，眼前的妹妹無論何時都會超乎紘的預料。

「……妳在我回來之前，動筆寫了這份企畫的稿子嗎？」

「嗯，只有第一章……你……你果然會生氣嗎？」

「那怎麼可能。我為何非得責備妳不可啊？」

「因為……你之前說過這樣是不好的事。」

在紘的記憶中復甦的，是唯唯羽筆下那篇亂七八糟的異世界奇幻故事。
當時紘確實有告誡唯唯羽，不可跳過企畫的階段。
一看，唯唯羽帶著怯怯的眼神，抬頭仰望著紘。
「……真虧妳這麼努力呢。我不會生氣，妳別擺出這種表情。」
「……可以嗎？」
「是啊。這下子就能夠判斷，這份企畫是不是我們想做的了。」
換言之，唯唯羽的文筆是否有發揮到，還有這次的企畫是否為紘所追求的東西——
只要讀過這篇小說，一切就見分曉。

▽　身為編輯的證明

那從之後過了三天。
換句話說，今天是六月下旬的星期四。
而在紘所任職的編輯部，週四這天——……
「巳月，我跟你確認一件事。」
在傍晚的會議室裡，副主編拋出這句話來。紘聞言站起，回答「什麼事呢」。

紘的視野中映照著三名編輯。成員和一個月前替唯唯羽的企畫做簡報時完全相同。

這也是天經地義的。因為紘正在參與的，就是那場企畫會議。

「若我沒記錯，一個月前你帶了唯唯羽老師的企畫過來，還平安無事地通過了。照理說，唯唯羽老師應該已經開始動筆了……但我有個疑問。」

副主編低頭看向紘事先發下去的資料。

「為什麼這兒會有一份唯唯羽老師的新企畫？」

「請容我說明，上次的企畫在我和唯唯羽老師的判斷下，決定留待其他機會發展。這是因為，我們彼此都不認為那會成為我們可以接受的作品。」

撤回曾一度通過的企畫，原本對作家和編輯而言都毫無益處。由於浪費掉時間和勞力，從紘的角度來看應該是場災難吧。

然而，紘的心中卻絲毫沒有這種倦怠感。

僅有鋼鐵般的意志，認為這份企畫必定會變成一部好作品。

「不過……企畫的內容還變得真多耶。」

千千石語帶驚訝地說。

「由於企畫的基本概念不一樣了，這也是無可奈何的。那麼，接著我來為各位解釋，我和唯唯羽老師的具體目標為何。」

紘放眼望向編輯群說：

「就如同資料上頭也有記載到的，本次企畫同樣是異世界奇幻故事。」

「但關鍵字卻淨是令人懷念的東西呢。『當男孩遇上女孩』、『世界系』、『感動』、『青春』……巳月，我覺得這個賣不掉。」

「我也明白很困難。可是，要活用唯唯羽老師的武器，萬萬不可將這些要素刪除。」

紘並未屈服在副主編的意見之下。

「況且我也並非毫無勝算。您看類似書目的項目便能明白，我會以暢銷作品當參考。」

「但這些全都是難以類比的書呢……」

確實，千千石這番話十分中肯。紘列舉出來作為借鏡的作品，全都是在口耳相傳之下做出成績的東西。要刻意製作出來，不得不說難如登天。

千千石眺望著企畫大綱說：

「比方說，主角是個沒有戰鬥力的普通人。現在的讀者應該不吃這套吧？」

「相反的，女主角的設定則是作品裡最強的人。註定和無力的少年一戰的少女，這層關係是故事的主軸。」

「還有，『當男孩遇上女孩』，那麼會開闢後宮樂陶陶嗎？」

「我認為那並不重要。純愛是本次作品的主題之一。」

「還有還有，你說『感動』，那故事本身呢？」

「可預見會是正經的故事。雖然依據改稿的狀況會有變動，不過各位可以認為，基本上是沉重的內容。」

「…………」

千千石終於一臉難色地緘默了下來。所有人都像是在觀察情況似的噤口不語——打破了這道寂靜的人，是賀內。

「用先前的企畫其實也無妨吧？既然唯唯羽老師的企畫都已經在會議上通過了，我覺得沒有必要刻意打掉重來。」

儘管他的口氣鄭重有禮，話中卻帶著刺。實際上他應該很焦躁吧。他望向紘的目光，就像是狠瞪般險峻。

「……這是我和唯唯羽老師商討之後得出的結論，還請你諒解。」

「我不明白，為何你如此執著於這個企畫。」

賀內將手上的簡報資料拋到桌上說：

「我不得不說，這個企畫賣得動的可能性很低。主編八成也會頗為猶豫。講白了，如果是我的話，就不會想成為這企畫的責編。」

「那麼，就由我和唯唯羽老師來挑戰即可。」

紘毅然決然的口氣，令沉默一瞬間降臨到會議室中。

「我也很清楚，這會是一部背離流行的作品。可是實際上，就像簡報資料上頭所列舉的類似書目一樣，有的作品即使在首發後也一直都很賣座……為了發揮唯唯羽老師的特色，我

想要製作和這些書相仿的作品。」

「……我自認理解你的主張和心情，所以讓我問一句。」

副主編掛著認真的眼神面對紘。

「如果是唯唯羽老師，縱使稍稍忽略流行，寫出來的小說也能夠抓住讀者的心。你是否有依據呢？」

「有。」

紘毫不猶豫地即刻回答。

「倘若這部小說遭到否定，那麼我根本就沒有當編輯的才能——在我看完了唯唯羽老師的原稿那一瞬間所懷抱的自滿，便是依據。」

收到眼前企畫的第一章那晚，看了她的小說後，有個根深柢固的想法存在於紘的心中。

好想繼續往下看這本小說。

好想知道這個故事的結局。

期待其他讀者也會和自己有同樣的心情，可能實在過於狂妄了——但是，紘想賭一把在這個驅使著自己的衝動之上。

「或許這個企畫對編輯而言並不優秀。然而，我認定唯唯羽老師應該撰寫的作品，是打動人心的小說。假設有地方需要修改，我和唯唯羽老師會竭力面對……所以——」

紘對副主編、編輯前輩、千千石，以及賀內……

帶著毫無半分虛假的誠意，深深低下了頭。

「請各位助我一臂之力……我希望讓其他人也看看這部作品。」

在場聽不見贊成或反對的聲音，唯有萬籟俱寂。

不曉得紘低了多久的頭。

「我是個編輯。我認為偏袒一個作家或工作夥伴是不對的。」

聽聞副主編喃喃低語，紘的胸口疼到讓他懷疑是否被整個揪住了。

「所以，不論是什麼樣的企畫，我只會如常地給出建議，期許它盡可能變得更好。」

紘反射性地抬起了頭來。

率先映在紘眼簾的，是漾著微笑的副主編。

「儘管是個後進，我也會幫忙的！當然，前提是在我的能力許可範圍內啦！」

千千石紅著臉奮力舉起一隻手來。一看，紘發現編輯前輩錯愕地笑著。唯有一個人——

只有賀內將臉撇到一旁去。

「……謝謝各位。」

而後，會議以唯唯羽的企畫為中心，理所當然地進行著。

紘覺得，大夥兒比平時還要踴躍發表意見，應該不是自己的錯覺。

「巳月前輩！剛剛的簡報真是深深打動我的心！」

會議一結束，千千石便興奮地開口攀談。

「我認為前輩想成就的事情非常困難，不過表示它會成為如此特別的作品對吧！我很期待喔！」

「千千石，妳太誇張了。我只是想做些任性妄為的事情罷了……但我由衷地感到開心。謝謝妳。」

千千石發出「嘿嘿嘿」的笑聲，邁步而行……然而，當她注意到紘矗立在原地時——

「奇怪？前輩，你不回編輯部去嗎？」

「嗯，我有點事情非做不可。妳先過去吧。」

「這樣嗎？……我知道了。」

千千石離開會議室後，紘便吐了口氣繃緊神經。

「想當然耳，你沒有辦法接受吧。」

紘回頭望去，眼前的人是表情一臉不滿的賀內。

「……抱歉，賀內。難得你讚譽有加，我卻做出了取消先前的企畫這種事情來。我對你感到很過意不去——」

「我說啊，紘……你知道自己在做多麼愚蠢的事情嗎？」

賀內打斷了紘的話語，語氣中敵意表露無遺。

「特地撤回已經通過會議的企畫，取而代之拿來的，居然是那種讀者不屑一顧的企畫喔……你怎麼會這樣啊？」

從前，賀內說過自己很想和唯唯羽一同進行那份企畫。

這番話必定不假。所以，當他看到紘出爾反爾撤回企畫，才會如此大動肝火。

「……我的主張和會議時一樣。就算我和唯唯羽老師讓它出書問世，那份企畫也沒有成為好作品的可能。因此，我才會選了一個適合唯唯羽老師的企畫。」

「然後又重蹈腰斬的覆轍嗎？安慰自己說『即使賣不好，我們仍然成就了一部好作品』這樣嗎？……紘，你也差不多該醒醒了。」

賀內的臉不悅地扭曲起來，感覺都快咂嘴出聲了。

「假如你想讓唯唯羽小姐在作家的世界功成名就，首先得徹底致力於創造出優秀的『商品』啊。要創作符合她風格的『小說』，是大賣後該做的事……你現在的所作所為，以一個編輯來說太過恣意妄為了。」

這番話簡直像是小刀一般，掏挖著編輯的自尊心。然而紘的內心卻是風平浪靜，連他自己都感到驚訝。

啊，這傢伙——當真有在替唯唯羽和讀者著想呢。

「……是啊。我想你所說的一定是正確的。」

「既然你那麼想，事情就還不算遲。現在馬上重啟先前的企畫——」

「但是我和唯唯羽老師決定好了……我們要讓這份企畫，成為可以抬頭挺胸地宣告『這

是我們的作品』這樣的輕小說。」

賀內頓時語塞了下來。

這番話實在太過青澀、不切實際——然而，紘的眼神卻是無比認真。

「盡可能讓更多的讀者開心，是極為重要的事情。為此我不惜一切努力。可是我認為，不該做出一部小說，掩蓋過我遇見唯唯羽老師的投稿作品當時的衝動……因為，那便是我想和唯唯羽老師一塊兒工作的主要理由。」

「……就算說些好聽話，也什麼都不會改變。縱使我們高喊著『這部作品很有趣』，也不代表讀者會伸手取閱。」

「我大概沒資格反駁這番話吧，畢竟我和唯唯羽老師並沒有做出成果……所以，賀內，我有事情要拜託你。」

這是自從紘和唯唯羽約定好的那天，他一直在心底蘊釀的話語。

就連唯唯羽也不曉得的一份決心。

「假如這次的企畫成書後，依然沒有再版的話——」

「你願意成為唯唯羽老師的責編嗎？」

這一瞬間，紘的退路就被截斷了。

已經退無可退了。失敗不被容許。找藉口也不管用。

這是紘賭上了編輯的尊嚴，慷慨就義的覺悟。

賀內好一陣子無言以對後——

「……你是認真的嗎？」

「這種事情怎能拿來開玩笑……這次的企畫，是我和唯唯羽老師的第三部作品。如果這樣都沒辦法讓她撰寫續刊，那麼肯定是我的做法有問題吧。」

紘很清楚，自己對唯唯羽做了自私的事情。倘若告訴她自己要卸除責編一職，唯唯羽鐵定會極力反對的吧。

但紘理解到了。只要他還是唯唯羽的責編，今後便會持續創作著像《在我和妳之間》一樣，擁有唯唯羽風格的小說。

然而，唯唯羽身為一名作家，往後有必要一直撰寫讀者所追求的小說下去——紘認為，自己可能不適合待在她身邊吧。

「所以，假如這次又走上同樣失敗的老路，我想將唯唯羽老師託付給你。因為在編輯部裡頭，最欣賞她的人就是你啊……只不過，我有個條件。」

「……條件？」

「當她要轉到你旗下時，我希望交接的時間點在一月——從現在開始的半年後。那時不用再像年底一樣趕著提早截稿，我認為時機恰好。」

「……這樣啊。你的主張和決心，我都明白了。那我也要問一句，當我成了唯唯羽小姐的責編後，可以重啟你廢棄掉的企畫嗎？」

「嗯，隨你高興。」

賀內是那麼想成為唯唯羽的責編。

但他卻毫無喜悅的神色，而是以認真的目光望向紘。

「紘，我覺得你說得很對。我看過好幾個不受讀者青睞，默默離開這個業界的作家。不過，倘若是上次的企畫還有唯唯羽小姐，我有信心將它昇華至暢銷作品。」

語畢，賀內轉身背對著紘。

「但是啊，紘，你可別後悔。這份企畫不符合現今流行，你也心知肚明吧？……你的信念能夠傳達多少給讀者，就讓我見證到最後吧。」

而後，賀內從紘的眼前離去。

賀內的話語是真理。紘想推動的事情，不得不說勝算相當渺茫。唯唯羽尋這個作家的知名度等同於無，況且這個企畫又極具挑戰性。

但儘管如此，蘊藏在紘心底的鬥志卻從未熄滅。

因為，紘和唯唯羽應當打造的，就是那樣的作品。

被獨自留在會議室裡的紘，開口喃喃低語。

「……我們上吧，唯唯羽。」

將期盼令人刻骨銘心的小說，送到許多讀者手裡。
這就是紘的——編輯的工作。

之後過了三天。
主編准許唯唯羽的企畫開始動工。

若葉
Wakaba

年齡：25歲

身高：166cm
三圍86、57、81

興趣：製作同人誌、捉弄千千石

絕活：身兼二職，
卻能順利切換工作的心態

喜歡的事物：下班後的美酒（主要是燒酒）

不喜歡的事物：加班

擁有七年業界資歷的插畫家。
她是位個性大而化之的女性。生性不太介意小事，便是她持續擔任插畫家的祕訣……也說不定。
除了插畫家之外同時還有其他工作，似乎是個大忙人的樣子。

Showing Love to My Little Sister is an Important Task.

輕小說用語集～編輯篇～

進稿

意指編輯將原稿送交給印刷廠。是在完成書籍時最重要的一個環節。

就像是作家有稿子的截稿日，編輯也同樣存在著進稿的期限。當編輯拚命地打電話聯絡作家的時候，印刷廠的人似乎也會同時催促編輯進稿的樣子。好可怕。

企畫會議

為了提出新刊企畫案的會議。所有的輕小說都無法避免的第一道關卡。

雖然編輯也是抱著「這個絕對行！」的信心提出企畫的，不過偶爾會被其他人猛烈批判得體無完膚。像這種時候，提出來的編輯就會淚眼汪汪。

「如果是○○老師，就會更早一點交稿給我了呢……」

編輯和作家討論之際會使用的話術之一。重點在於簡直像是自言自語般的喃喃說出口。

有的作家在這番話刺激之下，會熊熊燃燒起對抗意識，也有的作家會反倒因此失去幹勁，導致撰稿進度變慢。關鍵在於分清楚應當使用的對象。

第五章

▽ 來做一本輕小說吧！

在一般編輯想必還在夢鄉的大清早時間帶。

紘從一大早就端著早餐上桌。若是平時，唯唯羽都會替他做早餐……不過這陣子所有家事將會由紘一手包辦。

這是因為，從今天這個七月上旬的日子開始，唯唯羽將要動筆寫稿。初稿對作家而言，是最為勞心傷神的作業。因此為了盡量減輕唯唯羽的負擔，紘才會像這樣在做早餐。

……然而——

「意外地慢耶。」

紘一看時鐘，發現已經差不多是用早餐的時間了。他原本想在早餐時和唯唯羽討論截稿及撰稿相關細節，但……

紘站在唯唯羽的房間前敲了敲門，可是卻沒有回應。

「唯唯羽，妳還在睡嗎？不趕快來吃早餐，上學會遲到喔。」

這次他試著出聲呼喊。但依然同樣毫無回應。

時間就這麼一分鐘、兩分鐘過去……紘終於伸手握住了門把。

「唯唯羽，我要進去了喔。」

他喀啦一聲打開門——首先傳入耳中的是，喀噠喀噠的冰冷聲響。

那是敲打鍵盤的聲音。

「……唯唯羽？」

映入紘眼簾的，是熟悉的室內裝潢。地毯上擺著一張桌子，還有樸素的床鋪。緊靠在牆邊的幾座書櫃，毫無空隙地塞滿了數百本文庫書。

然後——唯唯羽人正在房間角落的書桌，面對著筆電。

這是紘許久未曾見到的光景。

唯唯羽的撲克臉摒除了所有情感，蘊含著令人感到恐懼的魄力。她有如寶石一般的雙眸寄宿著堅定的意志，凝視著畫面專心致志地不斷敲打著鍵盤。

就紘所知，唯唯羽會露出這種表情的時刻只有一個。

她是在寫小說。

出乎意料的狀況令紘愣住，而他回過神後便戰戰兢兢地問道：

「唯唯羽，可以打擾一下嗎？」

唯唯羽的手同時戛然而止。

「那個……妳在寫小說是很棒啦，可是今天要上學喔。」

「──嗯。」

「所以，很抱歉在妳寫稿的時候打岔，不過差不多該準備一下了喔。」

「──嗯。」

「然後，我希望妳和我一塊兒吃完早餐後，到學校去上課。」

「哥哥，我想要你幫我聯絡老師說，我身體出了狀況，今天要請假。」

「就我看來，妳精神十足地在面對著電腦喔……」

「我病了。我得了一種不寫小說就會死掉的罕見疾病。」

唯唯羽的眼神相當認真，大概是稿子寫起來非常順手吧。

紘傷腦筋地抓了抓頭說：

「出道時妳和我約法三章過吧？只有在會給許多人添麻煩的時候，才可以因為工作而請假不上學。現在還不是這種時期對吧。」

唯唯羽的肩頭小小地顫動了一下。

「拜託妳……請妳遵守和哥哥的約定。」

這時的紘有多麼煞費苦心呢？從他口氣變得異常來看，便不難想像。

不過，可能是他的心意傳達出去了吧──

「……嗯，我知道了。」

唯唯羽一臉遺憾地關掉了電腦的電源……恐怕是在這個瞬間耗盡了專注力，唯唯羽「哈啊」一聲打了個大大的呵欠。

「……早安，哥哥……」

唯唯羽踩著虛浮的腳步走到起居室去。可能是精神相當不濟吧，抵達餐桌的唯唯羽一手拿著吐司發呆，完全沒有開動的跡象。

紘坐在唯唯羽的正面，開始享用早餐。

「妳感覺很睏耶。難不成是起個大早在寫作嗎？」

「不是……我從昨晚就一直在寫。」

紘差點將手上的奶油刀掉在地上。

「騙人的吧？我回家的時候，妳並沒有開燈啊。」

「嗯……我只睡了兩個小時，可能是那時候吧。小睡一下思緒會比較清晰……」

「……妳第一天就這麼衝，不要緊嗎？」

「……我想在尚有餘力時先寫下來。就連我也不曉得，什麼時候會寫到卡住……」

「這……這樣啊……不過真傷腦筋耶。我原本想趁現在跟妳討論一下插畫家的事——」

唯唯羽的雙眼忽然睜得老大說：

「插畫家確定下來了嗎？」

「不……不是，還沒決定……對了，在那之前我想先確認，妳有希望請誰繪製嗎？」

「不，我沒有特別的人選。畢竟繪畫的事情我一竅不通，而且如果是哥哥挑的人，一定會畫出很棒的插畫嘛。」

「……其實，我想拜託這個人看看。」

說著，紘回到房間，拿出一本同人誌給唯唯羽看。

封面上頭所畫的，是漾著柔和微笑的年輕女僕。其用色輕淡又鮮豔，繪製的少女和情景無比溫馨。肯定不是只有紘，見到這張插畫會湧現近似於鄉愁的情感。

唯唯羽露出一臉不敢置信的表情說：

「這個人，難道是——若葉……小姐？」

若葉——這是過去紘和千千石協助繪製原稿的插畫家名字。

「妳應該認識若葉老師對吧。畢竟妳有看她所負責的輕小說，製作《在我和妳之間》時也有稍微聊到……若葉老師好像對奇幻故事有興趣，我認為非常適合妳這次的小說。」

然而，不曉得唯唯羽有沒有在聽紘說話。她彷彿被迷住似的，目不轉睛地眺望著插圖。

「……若葉小姐有可能替我的小說繪製插圖嗎？」

「要是那樣就太棒了。」

「嗯！」

臉蛋潮紅的唯唯羽，亢奮地連連點頭。

「好棒喔，或許能和若葉小姐一塊兒工作……我也得努力寫小說才行。」

「那麼，我會馬上去跟若葉老師接洽，唯唯羽妳就繼續專心在寫作上。雖然需要看插畫家的進度而定，不過初稿的截稿時間——」

紘在此變得稍微吞吞吐吐的。

不過那也僅是須臾之間的事。紘拋開了迷惘說：

「可以拜託妳兩星期內完成嗎？」

好一陣子唯唯羽都說不出話來……這也是無可厚非的。

紘所說出的期間，以業界常識來思考，實在短得過頭了。

在此以霧島禮禰為例。就她的情形，葛羅莉亞的出刊速度是四個月一本。而初稿的撰稿期間大約是一個月左右，這是紘和禮禰之間的默契。

換句話說——紘要求唯唯羽的寫作速度，要比平均水準的作家還快一倍。

……然而，唯唯羽卻毫不介意地回答，讓紘的預料落了個空。

「嗯，好呀。那我得比平時還專心寫稿了呢。」

「……由我來說也很那個，感覺妳不怎麼煩惱呢。我認為自己的要求很胡來才對啊。」

「我有稍微嚇了一跳，不過大概不要緊。因為，不久前我也是一個晚上就寫出一整章的稿子了，對吧？……而且呀——」

唯唯羽淺淺一笑說：

「我相信，哥哥無論何時都在為作家著想。截稿時間會這麼短，一定也有理由對吧？所以我想說就接受吧。」

「……抱歉，唯唯羽。我希望在這次的作品當中盡力而為。」

這時，紘在心中接著說了下去。

——因為，這搞不好會是我們倆最後一部作品了。

萬一沒有再版的話，責編就要換人——紘並未把這個和賀內的約定告訴唯唯羽。如果再版的話，今後也能一同創造作品，而且他認為不該將編輯間的鬥爭扯到小說來。

只不過，倘若唯唯羽知道紘有可能會被撤換責編一職，應該會鼓起幹勁吧。

該為了盡量讓作品變得完美，而坦誠一切嗎——可是……

「……噯，哥哥。」

紘的內心糾葛，在唯唯羽的目光之下煙消雲散。

至今紘見過許多作家，當他們知道能夠寫小說時，反應是形形色色。有的人會因為終於能動筆而歡欣鼓舞，也有的人會吐露著不安，覺得這次不曉得能不能寫得順利……但——

唯唯羽的眼瞳中蘊藏著靜謐的鬥志，甚至令紘倒抽了一口氣。

「我總算能和哥哥一同創作小說了嘛。無論進度多麼繁忙，我都會加油……我一定要打造出一部不會後悔的作品。」

看來，沒有必要搬出和賀內之間的約定，來激發唯唯羽的鬥志了。

即使不那麼做，唯唯羽的熱情依然如此熊熊燃燒啊。

「……嗯，是啊。我們倆絕對能做出好作品的。」

跨越了擬定企畫，以及企畫會議的關卡。

紘和唯唯羽他們真正的一戰開始了。

「喔，對了。巳月老弟，我有買伴手禮給你。希望你會喜歡。」

唯唯羽開始撰寫初稿後，大約過了一個星期，於夜晚的會議室中。

當封面設計的討論告一段落之際，七節沙沙沙地摸索著紙袋裡頭。

七節似乎是昨天才剛從義大利回國的，紘像這樣和他直接會面，其實已睽違了三個月。

紘略顯驚訝地說：

「您居然還準備伴手禮給我，真是令人惶恐。」

「我平時受你很多照顧嘛。畢竟鮮少有人跟得上我難以理解的形容方式。這是你和我一塊兒工作的謝禮。」

語畢，七節將伴手禮——帽子遞給了紘。

「……是帽子……嗎？」

「巳月老弟，你知不知道Borsalino這個義大利製的帽子品牌呢？那是飾演黑手黨的亞蘭．德倫在電影裡戴過的東西，我想說應該很適合你。」

「總覺得您在兜圈子說我像黑手黨，不過謝謝您的心意。」

紘的撲克臉仍然一如往常地紋風不動，但他其實非常高興。對編輯而言，能夠實際體會到工作夥伴的信任，是最開心的事情之一。

這時，紘想起了要告訴七節的話題。

「對了，七節先生您很期待唯唯羽老師的作品，對吧？」

「嗯，的確如此……難不成——」

七節頓時綻放笑顏。

「總算可以讀到唯唯羽小姐的小說了嗎？」

「是的。我想不久就能讓您一窺究竟了。」

實際上，唯唯羽的新刊作業進行得相當順利。

近來，紘回家之後的唯一工作，就是對寫稿中的唯唯羽說聲「我回來了」。若是不這麼做，唯唯羽會一直埋首寫小說下去。

最值得慶幸的是，若葉已經承諾會替作品畫圖。紘原本還很擔心萬一被拒絕怎麼辦，不過若葉回的信卻是以輕佻的態度寫道：「假如你願意再幫我繪製原稿就好喔～」

初稿毫無遲滯地進行著，插畫家也確定下來了。紘必須延攬的其他業者則是……

「……那……那麼，巳月老弟。慎重起見，我跟你確認一下。」

稍微沉浸在思考中的紘恍然回神。

不曉得七節怎麼了，只見他心神不寧地開口說：

「關於唯唯羽小姐的作品……你願意讓我負責書籍設計吧？」

紘的嘴角差點不禁放鬆下來。

因為紘正在思索的，就是輕小說的必要人才——平面設計師。

「是的，這當然。我很清楚七節先生您的工作成果多麼令人讚嘆……為了打造一部最棒的輕小說，請您務必接受委託。」

「……唔……唔，這樣嗎！既然你都這麼說了，我可不能輕忽以待呢。這次也由我來操刀吧！」

七節的語氣和他的遣詞用字相反，相當地雀躍。

「這下子事情瞬間變得有意思起來了，巳月老弟……等稿子和封面插畫完成後，拜託你務必再告訴我一聲。我很期盼喔。」

「好的。我才要請您多多指教。」

之後紘陪同七節到大廳去，和他打了聲招呼告別。目送七節離去，紘在內心喃喃說道：

——唯唯羽的新作，終於正式開始起步了呢。

這次的作品，已經不僅是紘和唯唯羽兩人的東西了。在插畫家和設計師加入之後，它逐漸成為一部輕小說。

紘繃緊神經，打算回編輯部的時候……忽然注意到了。

他的手機響了。打電話來的是——唯唯羽。
這一瞬間，紘有股強烈的不祥預感。至今的經驗法則告訴他，寫作中的作家捎來聯絡的情形，壞事的比例壓倒性地多。比方像是截稿時間，還有截稿時間，以及截稿時間。
「……喂？」
『哥哥？你現在方便講電話嗎？……我有件關於稿子的事想跟你商量。』
「……難道是截稿時間嗎？畢竟那進度確實很勉強——」
『不是那樣。我只是要確認一下大綱的事情，所以才打給你。進度本身非常順利。』
「這樣嗎？……抱歉，我劈頭就斷定是截稿日的事。」
仔細想想，紘這十天來總是看到唯唯羽在寫作的身影。紘回家的時候，她一直都在面對電腦，有時甚至會忘記吃飯的樣子。
她便是如此全神貫注在小說上吧。
『我認為這次的作品應該會很不錯。我好久沒覺得寫作如此開心了。現在就寫了一百五十頁，已經完成大綱的一半以上了。』
「喔，這樣啊。很順利嘛。」
在紘的書系中，一本文庫的頁數上限規定是三百頁左右。如果唯唯羽的話屬實，這樣進行下去，截稿應該不成問題。
『嗯，我可以遵守和哥哥之間的約定。故事也進展到一半了，之後只要一如往常地依照

「投稿規定的稿子」再寫一百頁，結局就——』

——慢著。

慢著慢著慢著慢著慢著。

「喂……喂，唯唯羽！妳剛剛說了投稿規定是嗎！」

『……？是呀，怎麼了？』

相較於一反常態地流露出動搖的紘，唯唯羽的語氣顯得呆若木雞。

紘感覺到冷汗在背後直流，同時戰戰兢兢地開口：

「聽好了，妳冷靜地聽我說……那份原稿，已經超過了文庫的上限。」

『……咦？』

「我所說的順利，是指換算成文庫的頁數。妳現在所撰寫的原稿將會以跨頁的形式製作成書，所以是文庫的三百頁……妳已經寫完整整一本的稿子了。」

說完這句話，一陣不自然的漫長沉默流逝。

這次的情形完全超乎紘預料——沒想到，稿子竟會因為她的狀況好過了頭而產生問題。

而後，電話另一頭傳來了慌張不堪的聲音。

『是……是這樣嗎？我確實有覺得好像稍微長了一點。會是因為許久沒有通過企畫，導致我搞錯了頁數規定嗎……？』

不，至今都出過了兩本書還沒發現，這也實在是太有幹勁了吧……唉，或許這部小說就

是這麼令她沉迷其中呢。

只不過，現在重要的是頁數。

『怎……怎麼辦，哥哥？我想寫的故事還有一半呢……』

「總……總之妳先冷靜下來。首先，讓我再確認一次原稿，看看篇幅為什麼會變得這麼長。之後我們再直接討論吧。」

『嗯……嗯，我知道了。』

不曉得唯唯羽內心有多麼焦急，連道別的招呼也沒說就掛斷了電話。紘也倏地前往編輯部。為了盡快趕回家去，現在得先把工作處理完才行。

結果，紘到了接近末班電車的午夜十二點才回到家。

他有極度不祥的預感。畢竟唯唯羽的個性如此，她八成會為了小說一直醒著等到紘回來吧。雖然紘想打電話告訴她自己會晚歸，不過卻轉到語音信箱，鐵定發生了什麼事。

紘一走出電梯，便以幾乎是全力疾馳的速度抵達自家門前，打開了門。

不出所料，唯唯羽還醒著……然而，她的模樣怪怪的。

唯唯羽人在廚房，掛著一張有如幽靈般的表情，專心致志地洗著咖啡杯。

「唯……唯唯羽……？」

「……哥哥。」

唯唯羽轉過頭來，一臉泫然欲泣地開口：

「……對不起。我明明得動筆寫小說，卻毫無進展。這樣下去會趕不上截稿日呀……」

「妳……妳怎麼了，唯唯羽？……減少頁數這麼困難嗎？」

「不，不是那樣……我很清楚稿子為何會那麼長。」

唯唯羽表示，明明是照著大綱寫，內容卻變得那麼長，原因全都出在異世界奇幻故事這個類型。

儘管她很常閱讀奇幻小說，卻說不上寫得很習慣。因此，撰寫了自己能夠接受的戰鬥場景和夢幻的情景描寫之後，結果就變得冗長了。

「不過，才寫了大綱的一半就超過總頁數上限，想來是相當文思泉湧吧……」

紘其實也有錯。他看過這次企畫的第一章。回想起來，當時的頁數就已經很多了。

可是，唯唯羽的小說好看到讓他不會去注意那種事。

唯唯羽現在的小說，也一定是份很棒的稿子。然而，不論是什麼樣的曠世巨作，無法製作成書就沒有意義。

「因此，我想試著壓縮內容，從頭開始寫寫看……可是完全寫不出好故事。感覺只是很平凡地在戰鬥罷了。」

唯唯羽的神色充滿絕望，好似在作惡夢一樣。

「我必須寫小說才行。但就算我想寫些什麼而坐在電腦前，手指頭仍一動也不動……」

所以才會跑來洗咖啡杯嗎？

寫稿卡住的時候，會轉而進行不事生產的行動，對作家而言並不稀奇。「非寫不可」的強迫性思考會令人靜不下心來，可是小說沒有進展，又讓人徒增煩惱——思索到這裡，紘忽然注意到一件事。

杯子、盤子、叉子、便當盒、水壺等擦得亮晶晶的大量餐具，正放在瀝水架上陰乾。

「唯唯羽，難道妳洗了家中所有餐具嗎……？」

「……我明白這麼做沒意義，但不做點什麼就靜不下來。」

看來，唯唯羽的狀況要比紘所想的還嚴重。

「……我姑且問問，妳想要怎麼做呢？」

「將目前的戰鬥場面統統作廢，重新構想……是不是……不行呢？」

紘一瞬間感到天昏地暗。

雖說只有戰鬥場面，不過要從構想重新來過，這可不是進入了初稿階段所該做的事。尤其這次的截稿時間壓倒性地短。光是如此，便會浪費很多時間。

……但紘決定了。他絕對要讓這部小說，成為彼此都不會後悔的作品。

因為，搞不好這會是最後一次和唯唯羽工作了。

「……不，如果妳覺得那樣會讓小說變得更好，那就無妨。最不濟的狀況下，進度就由我來想辦法處理。」

「……謝謝你，哥哥。」

然而，唯唯羽陰暗的表情並沒有變得開朗。

「但是，該描寫怎樣的戰鬥場面才好，我腦中完全沒有頭緒。說不定會很花時間……就連我自己，也不明白該如何是好。」

「……這個嘛。」

唯唯羽之所以會卡住，理由恐怕是腦中描繪不出令她有種衝動，覺得「我想寫這個」的戰鬥場面。如此一來，倘若熟悉異世界奇幻故事的人給予建議，那麼問題或許能迎刃而解。

「這樣的話……比起我，那傢伙可能比較有幫助呢。」

「……那傢伙？」

「是妳也很熟悉的作家。」

幸虧明天不用上班。既然要行動，自然是愈快愈好。

▽　勁敵

「來，這是帶給紘和唯唯羽的慰勞品。消耗腦力就會想補充糖分嘛。」

隔天，在一般而言用過午餐後的時間帶。

紘一打開門，禮爾便如是說，同時遞出送來的餅乾。

「……這是妳之前買來的伴手禮對吧。我一直想說到時候問妳看看，這是哪一家做的餅乾呢。可以的話，我自己也想買。」

「……啊，這可能不太方便。你想要的話我隨時都可以拿給你，這樣你能接受嗎？」

禮爾尷尬地別開了視線。那是一間禮爾不想被任何人知道的祕密店家嗎？紘感到遺憾。

「不說那個，抱歉讓妳特地過來一趟。照理說應該由我們登門拜訪才對。」

「沒關係。唯唯羽正在忙著寫初稿吧？」

「是啊。她現在也還在寫稿。」

「……嗯哼。」

禮爾如此低語，探頭看向起居室……而後她的目光銳利了起來。

出現在禮爾視線前方的，是神色險峻地凝視著電腦的唯唯羽。她完全沒有注意到禮爾存在的樣子，全神貫注地陷入沉思，可能是相當苦惱吧。

「唯唯羽從今天早上就是那副德性……我想八成很焦急吧。畢竟這次的截稿時間相當短暫啊。」

「進度有這麼緊繃嗎？」

「我想在三個月後——也就是九月推出唯唯羽的新作。」

「——啥？」

禮爾的臉上染滿驚訝之情……這也是無可厚非的。

在輕小說完工之前，有幾道必須完成的工序。作家撰寫原稿、插畫家繪製角色設定以及插畫、設計師進行作品的樣式設計、校正員確認文字，最後由印刷廠印製書籍。編輯如欲掌握全盤的工作狀況，進行書刊的出版……大約需要花上半年左右的時間。

而紘想用一半的時間──亦即三個月完成。

「話是這麼說，但也不能因為進度緊湊而給周遭人添麻煩。我已經跟插畫家打過招呼了，她應該會維持平時的水準完稿……只是，勉強唯唯羽讓我很過意不去。」

「……但你也一樣辛苦不是嗎？製作期間變短而變得最忙的人，可是編輯呀。」

「嗯，這我不否認……不過，妳放心吧。我不會因為繁忙，就疏於照顧其他旗下作品。當然，葛羅莉亞的下一集也是。」

「……究竟為什麼要這麼匆忙呢？不用勉強也沒關係呀。」

「……不僅是唯唯羽，我希望所有作家的努力都能得到回報。若是為此過勞而倒下，那可正合我意。」

然而，疑問並未從禮爾的臉上散去。

紘根本就沒有回答到禮爾的問題。為什麼提早出刊，就算是為了唯唯羽好呢？禮爾會無法理解也是在所難免的。

「再說，現在正面臨關鍵時刻的不是我，而是唯唯羽。」

「……那麼，我們沒什麼時間閒聊了呢。」

語畢，禮爾帶著正經的神色走進屋內。

唯唯羽至此才終於發現到禮爾的樣子。禮爾對著抬起頭來的唯唯羽說：

「唯唯羽，好久不見了。原稿的狀況怎麼樣？」

「……不太好。感覺簡直像是徘徊在一望無際的沙漠似的。」

如此述說的唯唯羽，表情相當陰沉。

「狀況我聽紘說了。妳有事想找我商量吧？……當然是指目前正在動工的小說對吧？」

「……嗯。其實呀——」

之後，唯唯羽一五一十地吐露了昨晚向紘傾訴的煩惱。亦即無法一如己意地寫出戰鬥場面，以及其原因在於不習慣寫異世界奇幻故事。

「原來如此，我很能體會妳的心情……那麼，妳希望我做什麼呢？」

「我和哥哥一塊兒考慮過……希望妳看看我的稿子，然後告訴我該怎麼樣才寫得出符合這部作品的戰鬥場面。」

「……妳這話可真夠驚人的。讓別人看未完成的小說，不就像是暴露出裸體一樣嗎？要是我的話，就會羞愧而死了。」

唯唯羽的狀況就是如此地山窮水盡——紘雖如此心想，卻未告訴禮爾。現在是作家之間的問題。不論身為編輯或是哥哥，都不該插嘴。

「不過，我知道妳的意思了……唯唯羽，妳捨棄了先前的企畫，在寫新的小說對吧？這表示妳對目前的稿子有所執著，是嗎？」

「……嗯。我想和哥哥一同創造出，由衷讓人感到刻骨銘心的小說。」

「……嗯哼。」

在短短一瞬間的沉默之後——

禮禰絲毫沒有半分猶豫地開口說道：

「坦白說，我沒什麼意願……要我協助唯唯羽提升小說的品質，就像是在否定霧島禮禰這個作家嘛。」

「————！」

唯唯羽緊抓著裙襬。

「唯唯羽的作品最好不要完成——我可一丁點也沒這麼想。我反倒希望妳盡快像其他作家一樣站在戰場上……因為我輸給了妳。我想再次和妳的小說一決勝負呀。」

禮禰有如刀劍般銳利的視線，貫穿了唯唯羽。

她的目光和撰稿時如出一轍。

「光是在腦海裡想像妳的小說，便會有一股類似焦躁感的東西讓我內心一陣焦慮。只要這份痛楚不消失的一天，我就不想在小說方面協助妳……除了我以外，還有其他擅長寫異世界奇幻故事的作家呀。對吧，紘？」

「……的確，也不是不可能介紹其他老師給唯唯羽。」

「那麼，就請對方教她技巧和知識吧。我無法幫上唯唯羽的——」

「儘管如此，我還是希望妳教我。」

隨後，寂靜籠罩著室內。

之後傳達到紘耳中的，是唯唯羽充滿決心的嗓音。

「比起其他的作家，我就是要禮爾教我。因為我在成為作家之前，就很尊敬妳了……我甚至還曾經一度追尋過妳的背影。」

「……追尋我的背影？」

唯唯羽對詫異地喃喃說道的禮爾點了點頭，然後忽地走向壁櫥去。

禮爾知道是什麼東西在裡頭沉眠，當然紘也是。

那是紘和唯唯羽一同創作的小說。

「……禮爾，妳看看這個。」

唯唯羽從收納箱中取出一個茶色信封，交給禮爾。

信封厚到一眼就看得出來，裡頭放著大長篇的稿子。

看到這東西的瞬間，紘便理解了唯唯羽的意思。那份稿子是以前紘也看過的——唯唯羽邂逅《閃鋼的葛羅莉亞》之後寫的小說。

「這是……奇幻小說？」

禮爾低頭看向原稿，翻動著頁面……而後身子像是觸電般僵住。

禮爾將目光轉向紘說：

「……紘，這裡的紅筆字，全都是出自於你嗎？」

「是啊。我也大致記得給過什麼建議。」

「……那麼——」

低聲呢喃的禮爾，用手指撫著稿子上的一句話。

「這裡寫著的『這部小說有霧島禮爾的味道』——這也是你的感想？」

「……嗯。我不太會表達，可是我從唯唯羽那部小說裡，感覺到對《閃鋼的葛羅莉亞》的敬意。」

「我第一次想寫奇幻小說的契機，就是禮爾。」

唯唯羽對禮爾露出的眼神，極為死心塌地。

「看完《閃鋼的葛羅莉亞》後，我完全靜不下來。讓我雀躍不已的世界觀，以及打動我心的戰鬥場面，全都是初次體驗——才會讓我想撰寫像《閃鋼的葛羅莉亞》一樣的小說。」

「……妳以我的葛羅莉亞為目標……」

如此細語後，禮爾目不轉睛地凝視著唯唯羽的小說。

「……『開頭要寫得更有衝擊性，讓讀者無法忘懷』、『雖然戰鬥場面的情景描寫精彩絕倫，不過份量實在很多，若能刪減並賣弄得足以刺激讀者的想像力，就會更令人興奮了』

——紘，你用紅筆寫了很多東西呢。」

「嗯，寫奇幻小說很困難……結果還是沒辦法和葛羅莉亞並駕齊驅。」

禮爾掛著宛如作夢一般的表情，眺望著唯唯羽的小說。

「……這麼說來，從我出道以來，唯唯羽就有在看我的作品了，對吧？」

那是禮爾的知名度仍然幾乎等於零的時代。

受到提拔後成為作家的種子，僅僅一心一意地以有趣的作品為目標撰寫著小說，熱衷地傾聽紘身為編輯的建議，祈求盡可能送到許多人手上——陳列在書店裡的《閃鋼的葛羅莉亞》，深深地烙印在位居遠處的唯唯羽心中。

而唯唯羽也期盼寫出這樣的小說。

「我的心情和那時一樣……如今仍然崇拜著霧島禮爾這名作家。」

唯唯羽輕輕地碰觸自己的胸口。

「我所寫的異世界奇幻故事，肯定會成為截然不同的東西。可是，哪怕是一點點也好，我也想在作品中留下《閃鋼的葛羅莉亞》的影子……所以，我再次拜託妳。」

唯唯羽一心一意地，帶著誠意和敬意低下了頭。

「請妳助我一臂之力……為了讓小說盡可能接近我的理想。」

之後，度過了一段漫長的沉默。

禮爾心中究竟作何感想呢？她的表情透露出憂慮，口氣威風凜凜地說：

「我自己也覺得很奇妙。很榮幸聽到妳這番話，可是我的意思毫無動搖……我果然沒有辦法協助妳。」

這一瞬間，紘清楚聽到自己內心刺痛的聲音。

唯唯羽想必也一樣吧。她低著頭一動也不動。

「縱使知道了妳的心情，但我不願輸給妳的想法也不會改變。倘若我在此伸出援手，妳就會變成我的夥伴。唯有這件事我不希望發生……因為我想要當妳的勁敵。」

「……這樣呀。」

唯唯羽緩緩抬起了頭來。

她臉上掛著竭盡全力的笑容。

「……嗯，我知道了。既然禮禰那麼說，我就放棄了。」

「……妳要說的事情就只有這些對吧。那我走了。」

禮禰帶著慧黠的表情站起身，離開室內。

紘拚命克制著自己想挽留禮禰的心情，目送她離去。

因為，對一名作家燃起熊熊鬥志的她，才是唯唯羽憧憬的霧島禮禰這名少女。

「……妳別太沮喪。縱使戰鬥場面不如意，我也會盡力給予建議的。畢竟我也是霧島禮禰的責任編輯啊。」

「……嗯，說得也是。」

唯唯羽露出靜謐的微笑，然而那份笑容果然顯得悲傷。

而後唯唯羽重新開始寫稿，紘也處理著能在家裡進行的編輯業務。他們兄妹倆之間並未閒聊，唯有掛鐘的滴答聲靜靜地響著。

……可能正是因為如此吧。

門扉忽然「砰！」一聲敞開，令紘縮起了身子。

「……發生什麼事？」

紘略顯動搖地轉移視線……而後身體整個僵掉，就像看見了不敢置信的事物一般。

在那兒的是──一臉氣鼓鼓地拿著包包的禮爾。

「禮爾……？妳怎麼會在這兒？」

「……我也不太清楚呀。我原本在半路上是想回去工作的。」

禮爾的口氣顯得冷漠又粗魯。

「可是，方才唯唯羽的表情和話語，在我的腦海中揮之不去……讓我心煩意亂，所以我回了公寓一趟後，又再過來了。」

紘看向時鐘，發現禮爾離開後已經過了一個小時。

「不說那個，據稱尊敬我的可愛後進，現在方便嗎？」

「啊……嗯……唯唯羽，可以打擾一下嗎？」

「…………怎麼了嗎？我還不用吃飯──」

這也難怪唯唯羽會頓失話語了。

因為才剛與他們道別的禮彌，不知為何氣勢洶洶地站在那裡。

「跟妳借點時間。我有話想跟妳說。」

說完，禮彌便沉重地放下了包包。她從裡頭拿出來的是兩本輕小說，以及五本左右的漫畫。光看封面，每一部都是戰鬥作品的樣子。

「禮……禮彌？這些書怎麼了嗎？」

「這些書呀，是構成我本人霧島禮彌的偉大作品。要是從我身上摒除掉它們，我就什麼也不剩。它們帶給我的影響，強烈到我羞於啟齒的地步……我要把這些書借給唯唯羽。」

「……為……為什麼？」

「我呀，無法和睦地與妳攜手合作。尤其關於小說這方面，我可是發誓總有一天要超越妳的背影。所以……如果妳想學戰鬥相關的東西，就看這些書，從我身上偷學吧。」

「喂……喂，禮彌，妳這番話也太強人所難了喔。我告訴過妳，唯唯羽的截稿時間很嚴苛吧？」

「這我當然曉得！但這是我最大限度的讓步了！別看這些書很多，其實我還有更多，這些已經去蕪存菁過了！」

禮彌幾乎是惱羞成怒地狠瞪著紘。

「我不清楚這些作品能夠帶給唯唯羽多大的助益。可是我保證，它們都很值得學習……

倘若妳想寫出像是霧島禮爾的戰鬥場面，我就把書留在這兒了。」

唯唯羽目瞪口呆地凝視著禮爾……而後忽然採取某種行動。

唯唯羽牽起禮爾的手，溫柔地握住了。

「……幹……幹麼呀？突然握住我的手。」

「……我非常開心。不論是妳回來一事，或是不願意老實地協助我。總覺得這樣子很有妳的風格。」

唯唯羽揚起過去只給紘看過的微笑說：

「謝謝妳。我就借一下妳珍惜的作品嘍。我會想辦法騰出時間的……再說，我也正在考慮要不要重看一遍呢。」

「……重看一遍什麼？」

「《閃鋼的葛羅莉亞》……禮爾妳說，在這裡的所有作品構築了妳……我想對我來說，葛羅莉亞的定位肯定也一樣。」

「……喔，這樣呀。」

禮爾表情冷淡地別過了頭去。

然而，紘確實看見了她的臉頰微微染上一抹紅暈。

「不過，這可不容易喔。這個類型或許是妳第一次挑戰，但讀者可是看過了無數的異世界奇幻故事。在那當中，必定也有排行榜上名列前茅的怪物級小說。」

「嗯。儘管如此，我也得寫出讀者覺得有意思的小說……這不僅是為了讀者，更重要的也是為了我自己。」

在紘眼前的，不是那個為企畫煩惱、迷惘的唯唯羽了。

早已做好覺悟要寫出一部最棒的小說，這樣的一名作家就在這裡。

「……就是要這樣才對。」

禮爾莫名開心地說著，之後背對唯唯羽，起腳前行。

「先聲明，我可沒有在支持妳喔。所以，像什麼『加油』或是『我很期待』之類的話，就算撕爛我的嘴也不會說。」

然後，禮爾站在門前，僅轉身望向唯唯羽一次。

「只是──我會以一名作家的身分，等待著妳的小說。」

「……嗯。謝謝妳，禮爾。」

最後，禮爾對唯唯羽稍稍揮了揮手，邁步離去。

簡直像是風暴來襲一般──然而紘的心中，卻奇妙地萌生一股欣慰之情。

儘管低聲，唯唯羽的嗓音仍然澄澈。

「……哥哥。」

「我不太會形容……但我覺得這次的小說，會成為一部令我無法忘懷的作品。」

聽聞唯唯羽蘊含了決心的話語，紘微微放鬆了嘴角，頷首同意。

▽ 由於身為編輯

打從唯唯羽開始寫初稿已經過了三週，時間來到七月下旬。

換言之，這表示唯唯羽迎向暑假的同時，截稿時間也過去了——從結論來說，紘收到唯唯羽的稿子了。

唯唯羽平安無事地完成了初稿。

「……怎麼樣……呢？」

午夜時分，在公寓的起居室中。唯唯羽心驚膽跳地開口問道。

當作家詢問編輯這次的小說如何，他們想問的就只有一件事。那就是好不好看——除此之外沒有別的了。

而紘的答覆是——

「很有趣喔。我認為這部小說很有妳的風格，動人心弦。」

「真的？」

「無論面對什麼樣的作家，我都不會對小說扯謊的……所以，我用自己的角度整理出，我認為這樣修改比較好的意見了。」

紘將用紅筆改過的唯唯羽的稿子放在桌上。

這次的初稿很有意思——紘這番話並無虛假。可是，編輯的工作是面對小說，思考之後該怎麼樣讓作品精益求精。

確認初稿對紘來說，是相當耗神的作業之一。編輯不經大腦的發言，有可能會導致作家失去自信。最糟糕的狀況下，甚至會觸怒作家，使得兩人交惡。

……不過，尤其是唯唯羽，看來不需要有這層顧慮。

「這樣呀……原來有可能變得更好呢。」

如此低喃後，唯唯羽畢恭畢敬地鞠了個躬說：

「那麼，這次也麻煩你了……什麼樣的意見都行。拜託哥哥協助我，讓我盡可能地寫出有意思的小說。」

她的表情正經到令紘不禁屏息。

眼前的少女，貪婪地想往高處爬。

「嗯，這當然……整體來說，感覺世界觀的描寫有點太多了。我希望讓它變得比現在更易讀，成為一部善待讀者的作品。」

「……嗯。那我該怎麼做才好呢？」

「乾脆放膽進行改革吧。在不會令讀者混亂的程度之下刪除設定，在本集只進行最低限度的說明——」

面對紘真摯的話語，唯唯羽十分投入地點頭如搗蒜。

儘管是條茫茫不清的道路，仍相信前方有著終點而和作家一同邁進。

這個瞬間，對紘這個編輯來說，舒暢得不得了。

大約經過三十分鐘後，紘從原稿抬起頭來說：

「我的意見大致就是這樣。距離出刊還有兩個月，我們就來進行不會留下悔恨的改稿作業吧……喔，對了。我有東西要給妳看。」

無視於歪頭納悶的唯唯羽，紘拿出了平板電腦來。

「我想妳撰寫初稿應該累癱了……看了這個，肯定能夠激勵妳的。因為就連我也按捺不住笑意呢。」

「…………？」

唯唯羽瞧向平板……而後就直接像石頭一樣定住了。

畫面上映照出來的，是一名少女的插畫。那名女孩浮現出虛幻的笑容，身穿施以西洋風格裝飾的衣服。

「這難道是……」

「是妳這部小說的女主角……若葉老師畫出了角色設定圖喔。」

初次面對自己創造出來的少女，唯唯羽呆愣不已。

「——好棒！」

隨後，唯唯羽亢奮地紅著臉說：

「該說是超越了我的印象，還是我能夠自然地接受『原來這女孩在我腦海中』嗎……總之太棒了！」

「那麼，可以請若葉老師照這樣繼續進行嗎？」

「嗯！……我好期待。若葉小姐也會畫其他的角色對吧。」

唯唯羽陶醉地喃喃說道。

「你要把剛剛的角色設定圖傳到我的電腦喔。一定喔！假如你忘記了……呃……我就再也不幫你打掃房間了。」

「妳可以不用勉強自己對我施壓無妨。我會確實傳給妳的。」

在紘感到會心一笑的同時，他在回房前向唯唯羽道了聲「晚安」……然而，唯唯羽恐怕會稍後才鑽進被窩裡吧。照她的個性，肯定會立刻著手進行改稿。

紘一來到房間的桌子前，便撥了通電話給若葉。雖然她說這個時間不要緊，但萬一她正要睡了而心情不佳的話那該怎麼辦……紘的擔憂，最後以杞人憂天作結。

『安安～巳月，怎麼啦？』

電話另一頭傳來的開朗聲音，甚至令紘不禁感到畏縮。

「辛苦了，若葉老師。您目前有空嗎？」

『有喔有喔，沒問題的。剛完成一件大工程，我在放鬆休息呢。方便的話，你要不要也

過來呢？我正在開中意的燒酒喔。』

「您的心意我很開心，不過還是留待下次的機會吧。我深夜出門，會讓同住的妹妹擔心的。」

紘半開玩笑地說道。

「另外，我請唯唯羽老師確認過您提交的角色設定圖了。她這邊沒有問題，可以請您直接進行封面草圖的作業嗎？……唯唯羽老師非常高興喔。」

『哇，真的嗎？太好了，我原本還很不安，想說她會不會喜歡呢。』

「怎麼會，您太謙虛了。您筆下的角色如此美妙，不是嗎？」

『不不不，我是說真的。我是頭一次在商業作品中畫奇幻風格的圖，不曉得我的本事能夠活用到什麼地步，所以有點害怕呢。不過在作畫的時候我很亢奮，想說要來畫一大堆可愛的荷葉邊啦。』

實際上，若葉的角色栩栩如生到令紘感動地心想「這個人很樂在其中呢」。

畢竟是那個以校園青春作品而廣為人知的若葉來畫奇幻插圖，等到書本完成之後，讀者們鐵定會受到和紘一樣的衝擊吧。

『而且，唯唯羽的小說也很棒呀。害我都想大喊：「要我畫出不輸給小說的插圖，這門檻也太高了吧。」』

「您對它如此讚譽有加嗎？」

『嗯，最起碼我是這樣。該怎麼說——這故事非常溫馨。不管是現代或異世界，男孩子和女孩子的心意都不會變呢……啊……啊哈哈，當我剛才沒說過！拜託別要求插畫家講出一本正經的感想啦，真是的！』

可能是忽然聊到正經的話題而感到害臊，若葉靦腆地笑道：

『不過，我作畫時可是當真幹勁十足喔。因為感覺這次的小說就像是你們的寫照嘛。』

「……我和唯唯羽老師的寫照？」

『那部小說的主角，是以你為藍本吧？』

「咦？」

紘一瞬間心生動搖。

「不……不不不，那不可能。我並不是那麼帥氣的男人啊。我不會為女孩子那麼拚命，或是那麼溫柔。」

『唉，本人沒發現或許也是無可奈何的。不過我認為，那個毫無迷惘又正直到令人傻眼的地方，和你一模一樣喔。』

「……是這樣嗎？」

『不然我可以拿小奈跟你賭。』

「擅自拿千千石當作賭博的籌碼，我覺得很不厚道……」

不過，倘若真是如此，紘至今就是正經八百地在精讀著，以自己為主角藍本的故事了。

……這總令他覺得有些不好意思。

『所以，我也很期待這次的小說成書……這下子我得努力繪製封面插畫了呢。』

「……是的。我非常期待若葉老師您的畫作。」

最後打聲招呼，紘便掛斷了電話。

紘看向時鐘，發現時間已經過了午夜十二點。接著就是去洗個澡，稍作休憩後到床上躺平……平時的他就會這麼做吧。

然而，紘並未換上睡衣，就這麼坐在桌前。不久後他從包包拿出來的，是裝有原稿的茶色信封。

那是禮禰前些日子交付的《閃鋼的葛羅莉亞》第八集初稿。

「……好。」

紘像是做好覺悟似的喃喃低語，而後翻閱起稿子。

紘的夜晚尚未結束。隨著唯唯羽及禮禰的小說逐漸成形，編輯的業務將會愈來愈繁忙。

不過既然這是自己的工作，那唯有真摯以待。

就像方才若葉所說的，將小說、插畫和設計統整為一本輕小說，是紘這個編輯的工作。

「……前輩，你最近好像很忙耶。這幾天你一直都在加班喔。」

於草木沉眠，編輯卻不眠的丑時三刻——凌晨兩點左右。

在編輯部裡，聽到千千石向自己攀談，紘以緩慢的動作抬起了頭。

千千石已經完成工作，準備好要回家了。紘放眼望去，在座位上工作的編輯就只有寥寥一兩個人。其他編輯不是已經打道回府，就是和同事去喝一杯了吧。

但紘的工作，還不曉得何時有辦法結束。

「……我手上太多預計在下個月出刊的書籍了嘛。」

紘臉上所浮現的是一如往常的撲克臉……不過表情流露出疲憊。

距離唯唯羽的新刊上市——亦即下個月的出刊日，已經不到一個月了。

該做的業務有很多種。就算只看唯唯羽的新刊這一項，就有確認店鋪特典用的插畫、從數十種封面設計當中精挑細選出三款，再從彩色打樣裡頭選出一款定稿。更別說還有檢查其他旗下作家的稿子、討論截稿時間、斟酌企畫，諸如此類的……

「前輩，不休息一下對身體不好喔。」

「我會休息的。進行得夠順利的話，早上我就能回家了。然後睡個幾小時，再回到這裡來上班。」

「……不然我幫你捏捏肩膀好了？」

「務必拜託了……我是很想這麼說，但妳用不著顧慮我。妳光是自己的事情就忙得不可開交了吧？下次休息時間再陪我吃個飯就夠了。」

「這……這樣嗎……？那個……前輩——」

千千石精神抖擻地行了個舉手禮。

「祝你武運昌隆！」

「嗯，妳也是。」

紘目送千千石離開編輯部之後，便揉了揉開始麻痺起來的眼皮。實際上，他無法完全掩藏這份疲憊……但即使如此，仍然鬆懈不得。

依照紘的工作狀況，唯唯羽的新刊有可能變成十月以後才發行——「這鐵定不妙」。

「為了替唯唯羽這名作家準備好一個發光發熱的舞台，唯有那個情形一定要避免」。

紘擠盡力氣抬起頭面對電腦……這時忽地注意到。

有一封新郵件是來自唯唯羽的。主旨是「關於後記的事情」。

「……唯唯羽，妳已經寫好了啊。」

紘確實在今天傍晚時分，有傳一封郵件督促她差不多該寫後記了。紘原本還以為明天才會完成，看來唯唯羽一直工作到這麼晚。

確認後記用不著花多大的工夫。紘反射性地開啟信上夾帶的文字檔。

「……啊？」

紘嚇傻的表情，倘若千千石在這兒的話一定會笑出來。

眼前的檔案毫無疑問是後記沒錯。從唯唯羽的招呼開始，撰寫著對於本作的情感——接著，剩下的篇幅全都寫滿了對作品相關人士的感謝話語。

裡頭有編輯紘的名字、插畫家若葉的名字、拔刀相助的朋友某K作家的名字，還有設計師、校正員、印刷廠的人、編輯部的成員、全國書店，以及願意取閱的讀者，她針對這些人洋洋灑灑地寫了整整兩面謝詞。

這正是不良後記的典範。為了購買書本的讀者，對相關人士的感謝應該要控制在最低限度才對，一般不該寫得如此鉅細靡遺。

……儘管紘知道，卻依然——

「……哈哈。」

不禁笑了出來。

當笑意總算平息的時候，紘開始動手擬回信。

——前半段很好，不過感謝的話語實在太多了。那樣固然能感受到唯唯羽老師的誠懇，但可以請妳修改嗎？

紘又補上了一句話，作為總結。

——可是，那樣很有唯唯羽老師的風格，我個人並不討厭。

按下傳送鍵之後，紘使勁伸了個懶腰。

「……好，開工吧。」

為了出現在唯唯羽的後記，那些參與本書作業的人們——

就再稍微努力一下吧。

第六章

▽ 作家與編輯終將前往戰場

「上學路上小心喔。月票帶了吧？鑰匙也記得吧？還有，錢包別放在口袋，而是要放在書包，不然可能會弄丟喔。」

「……嗯……嗯。」

穿著學生服站在玄關的唯唯羽，整個人僵在那裡。

紘以竭盡全力的溫柔嗓音，對這樣的妹妹說：

「妳不要太掛心比較好。畢竟已經沒有什麼事情是我們能做的了。」

「……嗯。我出門了。」

唯唯羽踩著不穩的步伐走出公寓，而後生硬地對紘露出笑容。

「……哥哥和我的輕小說，要是能繼續寫下去就好了。」

最後說完這句話，門便關上了。

紘望向時鐘，發現距離上班還有很多時間。紘回到自己的房間，打算盡可能處理工作而坐在桌前。

這時，房間角落的書櫃忽然映入了他的眼簾。

收納在那兒的，是紘至今為止負責的各種輕小說。作品仔細地依作家姓氏五十音順序排列，數目多達三十本左右。書櫃的空間已經所剩無幾了。

當中最新的，是一週前的九月底才剛加入的輕小說。

《來自阿卡迪亞的彼端》。

那便是紘和唯唯羽所創作的新刊書名。

說到作品的迴響……唯唯羽的新作要比紘期待的還受到好評。

亞馬遜已經有人投稿了幾則評論，評價則是平均四顆星。還有被好幾個輕小說心得網站提出來介紹。紘記得，這些網站對書的印象都很好，令人不禁想做出勝利姿勢。

只不過，就算如此紘也不曉得銷售狀況是否理想。

唯唯羽新作的未來，將在今天——編輯會議的場子上宣布。

「……唯唯羽會坐立不安也是在所難免的啊。」

紘吐了口氣，昂首仰望天花板。

在妹妹面前表現得很堅強的哥哥，如今已不復存在。

「因為就連我也緊張得快瘋了。」

每週召開一次的編輯會議除了提案，同時也是調整發行品項、確認製作進度，或是共享出版品銷售狀況的場合。

編輯會議的開始時間是在下午兩點。

而賀內是在十分鐘前，也就是下午一點五十分找紘說話的。

「你的臉色真糟糕耶。是非常擔心唯唯羽小姐的作品將何去何從嗎？」

紘坐在自己的位子上，望向賀內。

他的表情相當緊繃，透露出其認真的程度。

「你還記得吧？倘若唯唯羽小姐的新刊沒有再版，就要把責編的位子讓給我。」

「我當然沒有忘記。畢竟這可是我先開口的。」

「你講得還真是雲淡風輕……難不成，你對唯唯羽小姐沒有眷戀嗎？」

這個剎那，紘差點忍不住笑出來。

因為賀內說的話實在太滑稽了。

「那怎麼可能。之前我也說過，我很迷戀唯唯羽老師。若今後還能和她一同創造作品，自然是再好不過了……然而，萬一這部新作沒能被讀者接受，就表示我一直在埋沒唯唯羽老師。倘若如此，身為一個編輯，我便不能原諒自己。」

「……嗯，也難怪你會大放厥詞啦。《來自阿卡迪亞的彼端》風評很好，內容也一如往常地神。」

「……你看過了嗎？」

「那還用說，我可是唯唯羽小姐的書迷耶。」

賀內一副天經地義般說著，而後──

「可是啊，紘。我的看法還是不會改變的……現在的唯唯羽小姐，不該推出那部作品。當今的讀者，不會被那本書吸引的啦。」

他浮現有些洩氣的表情，如此喃喃說道。

「記得我們約好，是在三個月後和唯唯羽小姐交接對吧……事已至此，你可別收回自己說過的話喔，紘。」

賀內從紘面前離開了。他恐怕是要到會議室去吧。

紘輕輕拍打著自己的臉頰。

輕小說的銷售狀況，可說是在首發第一週便幾乎塵埃落定也不為過。這是因為，看首發的結果便能做出之後的銷售預估。

換句話說，本次會議中所公布的數字，將會決定紘和唯唯羽的命運。

我們已經盡力而為了──紘如此告訴自己。不但在許多人的協助之下，「一如理想地」順利在九月發行，對作品本身的完成度也絲毫沒有不滿之處。

即使如此，若要說到紘還有什麼能做的──那就只有祈禱了。

焦急的心情，使得她完全沒有將小說內容看進腦海裡去。

唯唯羽闔起文庫本，從床上起身後，毫無意義地在房裡慌忙踱步。不久後，才想說再次躺上床打開了書，結果卻把臉埋進了枕頭裡。

「……我成為作家也已經兩年了呢。」

但她依然無法忍受新刊剛上市時的鬱鬱寡歡。她隱隱約約地覺得，可能一輩子都沒辦法習慣。

看向時鐘，已經差不多是紘要回家的時間了。

她想知道新作的結果，同時卻也完全不想聽到有關銷售狀況的任何事情。

唯唯羽對新刊本身的成果沒有不滿。不僅如此，她甚至稍稍有點自負，認為自己搞不好寫出了至今最棒的作品。

畢竟就連禮爾也開口稱讚了。

禮爾只在ＬＩＮＥ上傳了短短一句話：「好看到令我不甘心呢。」

那麼，這部作品一定很優秀。

……就在這時，唯唯羽的口袋微微震動了起來。

是手機來電。對方是誰，自然是連想都不用想——是巳月紘。

「是……是的。喂？」

接起電話的唯唯羽太過著急，聲音略微高了八度。

不過，來電對象並未提及此事地說：

『……唯唯羽，辛苦了。』

「嗯……嗯。哥哥，你辛苦了……怎麼了嗎？」

『我今天可能會加班到很晚。妳不用等我，早點睡吧。』

「……我知道了。」

『還有，這次新刊的事情確定下來了。』

唯唯羽清楚聽見自己屏息的聲音。

儘管胸口緊揪到發疼的地步，她仍然開口詢問：

「……狀況……如何呢？」

說完這句話之後，便產生了一段短暫的沉默。雖然其實只是呼吸一口氣的時間，卻令唯羽覺得有如永恆般漫長。

而後，從手機另一頭傳來的——

是無情至極的宣言。

『要出版續刊很困難——腰斬了。』

唯唯羽這邊發出了「喀嚓」一聲。

是她弄掉手機的聲音。

唯唯羽以僵硬的動作撿起手機。她的表情失去任何情感，倘若有第三者看見，甚至會感

到毛骨悚然。

『我不能說出具體數字，但銷售狀況不太理想。編輯部現在的結論……就是希望本書的作家能夠擬定新的企畫。』

然而，唯唯羽卻連出聲應和都沒有。她的意識就像半夢半醒般模糊，都無法確定這道聲音的主人是否當真是哥哥了。

又是一集腰斬——這句話盤旋在她的腦中揮之不去。

『……唯唯羽，我對《來自阿卡迪亞的彼端》這部作品很有信心。』

紘輕聲低喃道。

『這絕不是在隨口安撫妳。人們的讀後感想都是善意的，妳的新作確實有傳達到讀者的內心去……儘管如此，沒能讓許多人願意選購，是我的責任。』

電話另一頭傳來的是，紘略顯哀愁的嗓音。

『真抱歉，我是個不中用的編輯。』

唯唯羽掛著木訥表情僵住了。

而後，明明紘並不在眼前，她卻竭力露出微笑。

「嗳，哥哥。我的心情也一樣……我們順利做出了一本好作品對吧。」

唯唯羽帶著一抹淺笑，溫柔地說道。

「禮爾她呀，有稱讚《來自阿卡迪亞的彼端》好看喔。我對這次的輕小說也沒有絲毫後悔。我非常喜歡若葉小姐的插畫，而且封面設計也很漂亮……所以我打從心底覺得，有哥哥支持著這次的企畫真是太好了。」

……紘究竟是否有發現到呢？

娓娓道來的唯唯羽——笑中帶淚。

「我覺得光是有人願意閱讀我們的輕小說，這樣就有寫作的價值了……所以……呀，即使……無法撰寫後續……我也——」

唯唯羽的聲音漸漸變得斷斷續續，而後完全沉默了下來。

『……唯唯羽。』

透過電話，紘輕聲喊道。

那道慈愛的嗓音，彷彿像是在摸著唯唯羽的頭一樣。

『我比誰都要清楚妳的努力，所以不用再說了……我自認很明白妳抱著何種心情。』

這番話成了契機。

壓抑著的情感潰堤而出，視線一瞬間就變得模糊——唯唯羽並未拭去沿著臉頰流淌下來的熱淚，抽抽噎噎地說：

「——我好不甘心呀，哥哥……！」

已經無法繼續逞強了。

在時間允許之下竭力挑戰的小說。眨眼間便能收服人心的美妙插畫。甚至令人惶恐的美

麗設計。以及讓人滿心期待的簡介和標語。

唯唯羽打從心裡愛著這一切——所以內心才會如此痛苦。

「我不願去想結束的事情。明明有這麼多人在協助我們，讓我非常開心——我還想……我還想讓更多人看到呀……！」

滑落的淚水，無止盡地從眼眸深處滿溢而出。

順利做出了一部由衷希望有人取閱的作品，但這份心意未能傳達出去的現實，讓唯唯羽懊惱得肝腸寸斷。

已經到達極限了。明明思緒如滾滾濁流般湧上，在抽泣的阻礙之下，它們全都未能化為言語。

紘的聲音，傳進了嚎啕大哭的唯唯羽耳裡。

『如今無論我再怎麼多說，肯定都無能為力。因此，等妳收拾好心情之後，我們再來討論吧……不管誰講什麼，我都很期待妳的小說。』

「……嗯。」

如此回答已是卯足了全力。唯唯羽掛斷電話，不斷以手背擦拭著淚水。

很期待自己的小說。沒錯，身為編輯的哥哥會這麼說……然而——

沒有任何人渴求著妳的小說。

唯唯羽覺得，世上的人們好像對她如此宣告一樣。

◇

紘掛掉電話後，低頭看向桌面。

紘認為唯唯羽之所以會流淚，是她有奮力一戰。她有認真面對小說，才會傷得這麼重。

紘相信，就一個作家來說，這樣的態度並沒有錯。即使做出了一部失敗也不會懊悔的作品，那根本不可能成長。

……儘管如此，他依然無法粉飾掉萌生於心中的悲傷就是。

紘忽地抬起視線，發現隔壁桌的千千石一臉不安地看著自己。

紘盡可能努力地以開朗的聲音說：

「妳在替我擔心嗎，千千石？」

「那……那個！身為後進的我這麼說也很奇怪，不過……！」

千千石慌慌張張地說：

「我從企畫會議開始，就知道前輩對這部作品的感情了！所以……我……我支持你！」

「……謝謝妳，千千石。」

「話是這麼說，也不代表腰斬的事實不了了之就是。」

聽聞這道忽然出現的男性嗓音，千千石啞口無言。

轉過視線，紘看見了浮現超然表情的賀內。

「我可不會同情你，事情會變成這樣我早就一清二楚了……紘，你搞不好不適合當個編輯呢。提出調組申請比較好吧？看是要去營業或製作部都行。」

賀內面不改色地投以辛辣的話語。對此，千千石的表情流露出憤怒。

「賀內先生……你講得實在太過火了。小說的價值應該不只是銷售額才對。也有人看了前輩和唯唯羽老師的輕小說而開心——」

「別說了，千千石。賀內這番話並沒有錯。我連讓唯唯羽老師撰寫下一集都做不到。無論賀內怎麼說，我都沒有資格反駁。」

「可是，前輩……！」

「你很清楚嘛……聽好了，紘。」

這一瞬間，紘確實看到了。

賀內露出了他從未見過的正經眼神。

「像什麼感動到哭啦，永遠留存在記憶中之類的，這樣的作品確實是有。不過，哪怕作品多麼優秀，賣不出去就毫無意義。若非如此，編輯和作家也只會一直陷在愁雲慘霧當中吧——給我向讀者逢迎諂媚。這就是我們的工作。」

賀內說完這段話，正準備要離去之前——

「早知道會這樣，或許不惜痛扁你我也該成為唯唯羽小姐的責編……放心吧，既然由我

接棒，我就不會讓唯唯羽小姐嘗到先前這種滋味了。」

賀內最後這段話，讓千千石呆住了。

「你說接棒……巳月前輩，你不當唯唯羽老師的責編了嗎？」

「……憑我的力量，沒辦法和唯唯羽老師共創暢銷作品。」

「那……那樣不行啦！無論賀內先生說什麼，你都是我尊敬的編輯！總有一天，你和唯唯羽老師一定會獲得回報的！」

照理說，這番話應當令紘感到光榮……然而——

「妳的心意我很高興，但別劈頭否定賀內所說的話。我沒能做出成果來。既然我們是在做買賣的，不拿出數字便不會被認可。」

沒錯，紘是個編輯。倘若創作出打動人心的作品是他的使命，那麼催生給出版社帶來利潤的作品，亦為其使命。

既然如此——紘「目前還不能」主張自己身為一個編輯沒有做錯。

「……前輩？」

千千石瞠目結舌地凝視著紘……她想必無法體會紘的心情。

因為紘的表情散發著鬥志，毫無挫折或看破了等情緒。

這實在不像是喪家之犬會浮現的神情。

「……賀內，事情可還沒完呢。」

來自阿卡迪亞的彼端

★★★★★

本作為兩年前左右，以**《在我和妳之間》**

出道的**唯唯羽尋**，和事到如今無須說明的

人氣插畫家**若葉老師**搭檔的**異世界奇幻故事**。

這是作者初次挑戰的類型，

可以看出她**努力試著拓展作風的廣度**。

……然而，在銷售方面似乎面臨了苦戰。

目前仍未聽說有**再版**的消息。

前言就到此為止，接下來我想來談談本作的感想。
這部小說讓我看到哭了。
我自己也不曉得為何會落淚。
不，要解釋起來很簡單。

悲劇性的少女和無力的少年這個直率的基本概念、

扣人心弦的戰鬥場面，

以及讓**這一切充分發揮吸睛效果的文筆**。
再加上，若葉那輕柔的畫風也跟作品很搭配。

然而，這些話有什麼意義？
就算我在這兒講一堆道理，也絲毫傳達不出我所受到的任何感動。
到頭來，我只有寫下在輕小說心得網站不該出現的這句話了。

我希望各位看看這部小說。**如此一來，就全都能理解了。**
只不過，感覺要看到續刊似乎很困難……但最近作品的風評
似乎漸漸傳開了。
我關於本作的推特，轉發次數比平時更多，讓我稍微嚇了一跳。
說不定……能夠讀到下一集並不是夢。

▽ 來自世外桃源（阿卡迪亞）的彼端

季節流轉著。

唯唯羽懷抱著新企畫重新出發，請若葉這個她所崇拜的人負責插畫、請七節這位設計師鼎力支持、請求霧島禮爾協助，並和身為編輯的哥哥一同為小說煞費苦心——然而，在銷售方面卻慘敗的夏天結束了。

《來自阿卡迪亞的彼端》這部作品，對唯唯羽來說肯定是特別的。

她想寫一部能夠由衷覺得「希望可以長存人心」的小說。而那部小說，正因為從小便擔任自己讀者的哥哥是編輯，才得以完成——《來自阿卡迪亞的彼端》正是和自己的心願相襯的作品。這並非驕矜自滿，唯唯羽便是如此自豪。

所以，當《來自阿卡迪亞的彼端》沒能被市場接受的那一天起，唯唯羽的時間就靜止不動了。

縱使再和哥哥一起創作小說，也只會嘗到同樣的挫敗滋味吧？自己和哥哥的做法是不是錯了呢？自己是否根本不適合當作家？

回想起來，她內心從未抱持這種情感。

自從那個夏天後，唯唯羽有生以來第一次——開始害怕寫小說了。

◇

下課鐘聲迴盪在校舍裡，唯唯羽則從教科書抬起了頭來。

值日生喊完口令後，教室頓時喧鬧了起來。到下一堂課為止的十分鐘，學生們不是在和朋友熱絡地閒聊，就是在玩手機。

而所有學生——全都穿著冬季的西裝制服。

「……已經是冬天了呢。」

唯唯羽忽地將視線轉到窗外，喃喃說道。

現在是寒風刺骨的十二月。

在那之後，已經過了兩個月。

自從《來自阿卡迪亞的彼端》確定腰斬後，唯唯羽就沒有再擬任何企畫了。紘也建議她看看書來學習輕小說……唯唯羽有發現，自己對這番話感到極其放心。

理由她很清楚——因為那樣是在逃避小說。

自己該寫些什麼呢？這樣下去真的好嗎？

搞不好，自己會就此永遠沒有辦法寫小說了——

唯唯羽倏地猛然搖頭。為了轉換心情，她打算進行下一堂課的準備——卻忽然停下手。

她的手機有來電。

「……哥哥？」

唯唯羽嘴上說著率先想到的對象，看向畫面——一瞬間，她的腦袋變得一片空白。

霧島禮禰——手機畫面上確確實實映著這四個字。

看到文字的剎那，唯唯羽的胸口刺痛了一下。

那個夏天後，她從未和禮禰見過面。禮禰曾有一次傳ＬＩＮＥ鼓勵她，之後就沒有再聯絡了。由於她們倆必定會聊到小說的話題，所以唯唯羽下意識地在躲她。

面對禮禰，尷尬要來得比「為什麼會打電話來」這個疑問強烈許多，導致唯唯羽心生猶豫……然而，唯唯羽鼓起些微的勇氣，悄悄接起了電話。

時隔許久，真想聽聽禮禰的聲音——這個格外劇烈的念頭驅使著她。

「……喂……喂？禮禰，妳怎麼——」

『唯唯羽，妳現在在哪裡？』

禮禰亢奮的大嗓門，使唯唯羽的耳朵嗡嗡作響。

不過她也只有僵住一下子。唯唯羽連忙開口問道：

「我……我在學校。因為今天是平日呀。」

『沒記錯的話，妳是一年級對吧！如果妳在教室，就告訴我地點在哪裡？』

「……噯，妳為什麼要問這個呢？」

『我有東西無論如何都想讓妳看看！所以我要立刻見妳！』

「……讓我看看？」

『有看似學生的人到外頭去了，妳現在是休息時間吧？可以的話，我想在開始上課前到妳那裡去！』

有看似學生的人到外頭去了——這句話令唯唯羽頭暈目眩。

難不成——

「禮瀰……妳現在該不會在我學校吧？」

『我有跟紘打聽妳的學校啦！別說那麼多了，快點告訴我是哪間教室！』

「不……不行啦。因為妳又不是學生。再說，下課時間馬上就要結束了。如果妳有事，就等放學後——」

『我等不了那麼久呀！好吧，我就一間一間教室找！』

電話毫不留情地嘟一聲掛斷了。

隨後，遠遠傳來一陣使勁打開門的聲音，以及學生們的嘈雜聲。

這已經不是「預感」這種溫吞的東西了。

唯唯羽當場手足無措，卻無能為力。不久之後，唯唯羽那間教室的門扉，隨著一道震耳欲聾的聲響開啟了——

出現在那兒的，是身穿亮眼便服，漾著認真表情的禮禰。

「……禮……禮禰？」

禮禰朝不知所措的唯唯羽，踏著毅然決然的腳步走去。見到突如其來的闖入者，學生們在喧譁的同時拉開距離。在這個人潮散開所打造出來的空間中，她們倆彼此正面相對了。

唯唯羽感覺到許多學生在注視她們。裡頭甚至有男學生說：「那個超可愛的女生，是唯唯羽同學的朋友嗎？」這份事實令她感到害臊。

不過更重要的是，禮禰出現在眼前這份緊張感，使她格外地口渴。

「……妳怎麼會到這裡來？周遭的大家都嚇了一跳喔。」

「是呀，劈頭就殺來學校，我覺得很不好意思。」

禮禰大膽不羈地笑了。

「妳最近好像很消沉嘛。這麼說來，我們好像很久沒像這樣子見面了？……妳之所以會躲著我，是因為『夏天發生的那件事』對吧？」

唯唯羽逃也似的反射性低下了頭。

禮禰曾經在家庭餐廳說過，不寫出自己害怕腰斬的小說就沒有意義了——唯唯羽認為，這番話說得沒錯。

正因如此，唯唯羽才會仍然被遺留在那個夏天。

「所以呀……我是來這裡推妳一把的。」

「……推我？」

「我也是今天才知道，妳不曉得也無可厚非啦……那部作品出大事情了喔。」

在禮爾說完之前，上課鈴便響起了。

而後，禮爾隨即抓起唯唯羽的手臂，開口向附近的女學生說：

「抱歉，跟你們借一下唯唯羽！妳會幫我向老師找個合適的藉口吧！」

「禮……禮爾……！」

不等女學生回應，禮爾就帶著唯唯羽來到了走廊……然而，時機實在太不湊巧了。

走廊上有一名男性教師，正要走到教室裡。

「唯唯羽，準備好了嗎……我們要衝嘍！」

「咦……咦？」

唯唯羽幾乎是被禮爾拉著一同狂奔。

「嗯……喂……喂，妳怎麼穿著便服啊！」

不過，禮爾全然沒有回答的意思，穿過了教師身邊。唯唯羽瞧向身後，教師只是一臉啞口無言，並不打算追著兩名少女而來。

唯唯羽和禮爾並未停下腳步。她們在校舍內奔馳、在樓梯口換穿鞋子，然後跑過了中庭……來到校門前，禮爾總算是停下了腳步，向氣喘吁吁的唯唯羽搭話。

「來到這兒，他就不會再追來了吧。怎麼樣，妳還好嗎？」

「……我還是打從出生以來第一次溜出學校。因為至今哥哥都有告誡我，不可以做那種壞事。我的心臟跳得好快。」

可是——唯唯羽接著說：

「……感覺還滿好玩的。簡直就像是校園戀愛喜劇一樣。」

「……太好了。我原本還在想，這樣會不會有點太亂來呢。不過，這是因為我有件事想盡早通知妳。」

語畢，禮禰從手上的包包拿出了一本雜誌。

「妳看這裡。」

唯唯羽調整呼吸後，並未過問理由，直接看向翻開的雜誌。

頁面上頭登載的是某個排行榜。

唯唯羽沒有仔細端詳就抬頭望向禮禰。這怎麼了嗎——唯唯羽正打算如此開口詢問的話語，在心中融化消失了。

這是因為，禮禰浮現了前所未見的溫柔微笑。

「妳和紘的努力並非白費工夫。即使不是一口氣就會有許多人伸手取閱的作品，也絕對會有人願意看的。」

唯唯羽無法立刻理解禮禰在說什麼。

她再次看向手邊的雜誌——忽地發現了。

排行榜上頭所寫的第一名這個項目。

那是活絡著現今輕小說市場的人氣系列書名。

唯唯羽接著往下看到了第二名。這也是強到足以改編成動畫的輕小說作品名稱。隨著第三名、第四名這樣看下去，唯唯羽的疑問轉變為確信。

這是輕小說的排行榜。

「……這本雜誌呀，是連妳都曉得的知名輕小說情報誌喔。雜誌每年都會傾聽一般讀者和合作夥伴的意見，以排行榜的形式登載他們希望別人一探究竟的輕小說。」

唯唯羽的腦袋深處一陣麻痺。

伴隨著甚至響徹鼓膜的悸動，唯唯羽繼續看著排行榜。「那怎麼可能」的疑惑，及「搞不好會有」的淡淡期待。她懷抱著這兩種念頭，緩緩地一個個確認下去——

而後，唯唯羽找到它了。

這是她和紘等許多人一同打造出來，無法忘懷的輕小說。

第十名《來自阿卡迪亞的彼端》。

唯唯羽就僅是渾然忘我地凝視著這個名字。

「妳的輕小說絕對不是沒有人渴求。就是因為打動了某人的心，而讓他希望將這部作品

更加發揚出去，它才會像這樣從成千上百的書目裡被選中喔。」

禮爾翻著頁面，打開了《來自阿卡迪亞的彼端》的細項。那一頁寫著簡介、類型名稱，以及短短數行感想。

有人寫道：我很感動。

也有人表示：我被故事和角色深深吸引了。

這些全都是讀者毫無半分虛假的感受。

「就連我的作品，也從來沒有得過這麼高的名次。比起我的《閃鋼的葛羅莉亞》，妳的小說被選上讓我懊悔萬分……可是，我也是真的感到很開心。我想，我一定得跟妳說才行。」

唯唯羽以緩慢的動作抬起頭來。

眼前的人並不是唯唯羽所熟悉，那個鬥爭心態表露無遺的強悍作家——而是祝福著夥伴的一名作家。

「……恭喜妳，唯唯羽。妳的小說受到認可了。」

隨後——

在一股突如其來的激昂之下，唯唯羽回過神來才發現自己抱住了眼前的少女。

淚水的氣息從眼底油然而生，使得唯唯羽將臉埋在禮爾的胸部裡。唯唯羽心中湧上了幾乎要滿溢而出的情感，可是它們全都未能形成隻字片語。

儘管如此，唯唯羽仍然語帶顫抖，拚命地道出她的心思。

「謝謝妳──謝謝妳，禮爾。」

「……真是太好了呢，唯唯羽。」

禮爾溫柔地撫摸著唯唯羽的頭，彷彿她像是自己的親妹妹一般。

唯唯羽稍稍吐了口氣，輕輕從禮爾身上離開。她不想讓對方見到這難看的表情，可是感覺淚水又要滑落了，於是唯唯羽以手指拭著眼淚。

「我好開心。我拚命地寫小說、哥哥竭盡全力地陪我，還有插畫家和設計師的努力──這些全都傳達給讀者了呢。」

「是呀。這表示妳的作品就是如此出色……所以我才會重新下定決心。」

而後，禮爾臉上掛著微笑，斬釘截鐵地說道：

「我果然還是不想輸給妳。總有一天，我要寫出一部作品，讓我能抬頭挺胸地宣告『這是世上最有趣的小說』……我之所以會這麼盼望，可都是妳的責任喔。最起碼在我放棄夢想之前，妳都要一直寫小說下去呀。」

「……嗯。我也會加油，不輸給禮爾的。」

隨同這句誓言，唯唯羽緊握著手。

「雖然《來自阿卡迪亞的彼端》以腰斬作結……但我還是想繼續寫那種小說。」

「這個嘛……事態可能會有所轉圜喔。」

聽聞禮爾這番細語，唯唯羽整個人愣住了。

「話說回來，紘是不是說過『希望努力的作家有所回報』呢……搞不好，他早就料到這個未來了。」

「……什麼意思？」

見到唯唯羽歪頭不解的樣子，禮爾放鬆了嘴角。

而後，她向唯唯羽道出話中含意。

▽　一個答案

手錶指著即將來到晚間八點的時間。

紘坐在位子上，不發一語地確認著從校正員那兒回來的原稿。他這副模樣平凡無奇，只要造訪編輯部便隨時可見。

相對的，他身旁的千千石則是莫名地心浮氣躁。

「……前輩，剛剛有電話來嗎？」

「妳這個問題已經問了二十三次，並沒有。」

紘吐了一口氣。

「追根究柢，為什麼妳會那麼緊張啊？妳又不是唯唯羽的責編。」

「——是……是這樣沒錯，可是很令人在意嘛。畢竟……巳月前輩和唯唯羽老師的作品，進了《我想看輕小說！》的排行榜喔。」

沒錯，問題就在於此。

老實說，在《我想看輕小說！》出刊之前，編輯部就收到了排名結果。由於禁止對外洩漏，所以紘無法告訴唯唯羽，不過整個編輯部都在談論《來自阿卡迪亞的彼端》。

一旦作品蔚為話題，便會吸引諸多讀者的興趣。而只要引發他們的興趣，讀者就會購買那本書。換言之，唯唯羽的作品，照理說銷量應該有提升才對。

之所以會講「照理說」，是因為紘尚未掌握明確的數字。

《我想看輕小說！》是在本週發行，而銷售趨勢統計仍未公布。也差不多該是營業部打電話來，告知《來自阿卡迪亞的彼端》詳細銷售數字的時候了……

「……前輩，你不開心嗎？你負責的作品登上《我想看輕小說！》了耶。」

「我當然開心。負責的作品內容受到肯定是件非常光榮的事，這也會給唯唯羽老師帶來自信。」

「可是，你的撲克臉和往常沒有兩樣。」

「不容易看出來我很抱歉，但其實我很高興。」

只不過，圍繞在紘全身上下的緊張感，目前仍未散去就是。

即使留下了入選讀者排行榜的功績，紘身為編輯的勝負依然尚未分曉。在塵埃落定前，

可不能掉以輕心。

「況且……看來那傢伙也有話想對我說的樣子。」

紘挪動臉龐，千千石也跟著他的視線望過去……而後表情僵硬了起來。

因為賀內人在距離紘的位子稍遠之處，緊瞪著他。

賀內動了動下頷指著另一頭，便直接背對他們邁步而出。是要紘跟他過去的意思吧。

「我離開位子一下。如果有電話打到我的座位來，可以請妳幫我代接嗎？」

「好……好的！」

紘背對著千千石聆聽回應，同時離開了編輯部。

賀內在同一層樓的逃生梯等待著紘。編輯時常會躲在此處抽菸休息。雖然他們倆都不抽菸，但這裡很適合單獨談話。

賀內露出一臉吃了黃蓮的苦澀表情說：

「我就直問了。有多少狀況在你的預料之中？」

「……什麼意思？」

「好一陣子前上市的《來自阿卡迪亞的彼端》，它的銷量在最近這一個星期增加了。理由自然是因為那部作品進了《我想看輕小說！》的排行榜……你應該不會說這一切都是湊巧的吧？」

賀內將手肘靠在逃生梯的扶手說：

「從你在三個月內讓唯唯羽小姐的新作問世那時開始，我就覺得奇怪了。考量到你的出刊速度，那快得非比尋常……難道這就是你的目的嗎？」

「……我能做到的，也只有這點事罷了。」

為何紘要不惜飽嘗辛酸，被迫比平時加超過兩倍的班，也要迅速地讓這次的作品上市呢？答案就集中在這裡。

若是不在三個月內完成《來自阿卡迪亞的彼端》，就會錯過今年《我想看輕小說！》的問卷調查統計期限。

唯有這點一定要避免。

唯唯羽的作品絕非跟隨潮流的東西。然而，硬是讓她跟著流行走，就會像過去讓她改稿許多次那樣，發揮不出她的文筆。

那麼，該如何向更多人宣揚她的魅力呢——紘所做出的結論只有一個。

就是準備一個舞台給唯唯羽，讓她的作品在純粹的讀者評價之下，發揚於世。

這便是巳月紘這個編輯，使出渾身解數所下的一步棋。

「……這的確是個妙計，巧妙利用了唯唯羽小姐這個有實力的作家。看來你並不只是個坐以待斃的無能之輩……可是啊——」

賀內喃喃說道，隨後——

他便握拳用力敲打樓梯扶手，簡直像是情緒爆發出來了一樣。

好似破裂聲的沉重聲響衝擊著紘的耳膜，然而他冷漠的表情卻毫無動搖之色。

「——我絕不認同你。」

如此宣言的賀內，眼神有如凶器一般銳利。

「被讀者排行榜選上，可不是存心就做得到的事。或許你盡力而為了，但這依然是一場冒險的賭注。倘若走錯一步，唯唯羽小姐就會那樣繼續遭到埋沒啊……我果然還是很不欣賞你的做法。」

賀內連珠砲似的說著，將敵意傾瀉在紘身上……這時，他的表情忽然透露出驚訝。

因為紘的嘴角微微放鬆了下來。

「……有什麼好笑的？」

「不，抱歉。這並沒有負面意義……我只是再次覺得，我們倆真是徹頭徹尾地合不來罷了。」

紘如此說道，接著——

「不過，你說的話很對。這三個月來，我也是痴痴盼望著。我自認十分清楚，這不是能夠一直拿出來用的招數……儘管如此我仍希望去相信，《來自阿卡迪亞的彼端》會成為令許多人刻骨銘心的作品。」

而後，紘直盯著不悅地扭曲著臉龐的賀內說：

「噯，賀內。你曾經說過對吧。倘若成了唯唯羽老師的責任編輯，你會想做一部感覺有機會賣得好的異世界奇幻作品……我認為，編輯就是這樣的定位啊。」

「……什麼意思啊？」

「就是，輕小說端看我們編輯的意思，會成為全然不同的作品。」

即使作家是唯唯羽，插畫家是若葉，設計師是七節——完成的作品一定會隨著編輯不同而有所差異。

因此紘可以斷定。

有的書是只有自己才編得出來的。

「假如除了我之外的編輯成了唯唯羽老師的責編，無論要做什麼樣的作品我都不打緊。可是，我想和唯唯羽老師繼續打造出感動人心的作品……因為，那就是得由我當責任編輯，由唯唯羽老師擔綱作者才做得出來的輕小說。」

「……別說些漂亮話了。」

賀內的表情流露出憤怒。

「不管你再怎麼說些好聽話，書賣不掉也只會嘗到悽慘落魄的滋味罷了。別用那種自我滿足的態度，做個裝腔作勢的編輯啦。」

這是賀內無數次攤在紘眼前的現實。如果是數個月之前的他，這番話他只能默默接受。

然而，現在不一樣了。

「我們無法彼此理解，或許也是天經地義的。你希望將書送到眾多讀者手上的信念，以

一個編輯來說並沒有錯。」

紘並未逃避賀內的目光，斷言道：

「但我的信念鐵定也沒錯。正是因為我貫徹了你口中的漂亮話——《來自阿卡迪亞的彼端》才會像這樣成為一部特別的作品。」

「…………！」

「你就走在你自己的路上吧……我也只會在我所相信的這條路上前進。」

紘並不曉得這句話賀內聽進去多少。

……不過，只見賀內抬頭仰望天空，焦躁地抓了抓頭說：

「——啊，可惡！我知道了啦！雖然我不爽得要命，絲毫沒辦法體會你的想法，但我就承認有一個像你這樣的編輯也無妨吧！」

「……這或許是自從邂逅了唯唯羽老師的投稿作品後，我們第一次看法一致呢。」

「是啊，不過我滿肚子火就是了……真是，害我想說這次終於可以和唯唯羽小姐一同打造作品，老大不小了卻還歡欣鼓舞呢。但你可別忘了，我隨時都做好了成為唯唯羽小姐責編的準備。」

「這番話我很開心，不過我就先別高興了……畢竟，我還不能以編輯的身分待在唯唯羽老師身邊呢。」

「……對了，這麼說來也是呢。」

賀內像是發現了什麼似的瞪大了雙眼。

沒錯，自己身為編輯的勝負尚未劃下句點……就在紘重新繃緊神經的時候——

「前……前輩！原來你在這裡嗎！」

逃生梯的門扉，忽然被慌慌張張的千千石打開了。

千千石並未調整急促的呼吸，就這麼接著說了下去。

「營業部打電話到前輩的座位來了！是關於唯唯羽老師的作品——《來自阿卡迪亞的彼端》的銷售趨勢！」

紘僅有一瞬間全身僵硬，隨後他立刻反問：

「數字出來了嗎？」

「這個現象在營業部也實屬罕見，所以似乎還沒確實掌握的樣子。他們好像是之後才會收到詳細數字……但據說，銷售提升到這個地步非常稀奇。」

賀內聞言瞠目結舌……然而紘的撲克臉卻是面不改色。

因為紘在等待的是其他話語。

「還有，正式的通知下來了。」

千千石接著說出——

紘所殷殷期盼的某句話。

「——《來自阿卡迪亞的彼端》，確定要再版了。」

……在此一瞬間——

紘和自己之間的勝負總算做出了結。

「很好！」

賀內和千千石都為眼前的光景啞口無言。

那個冷冰冰的紘居然將情感表露在外，展現出歡喜的神情放聲喝采。

「太好了——真的是……太好了……！」

明明千千石和賀內人都在這兒，紘卻絲毫不見害臊的模樣，浮現出純粹的笑容。簡直像是沉浸在按捺不住的喜悅之中一樣。

「……前輩，恭喜你。」

面對千千石高興得像是自己的事情一般，紘明確地綻放了笑容。

當然他心中也懷抱著感謝，認為這都是託了作家和插畫家的福，但謙虛過頭對他們也不好意思吧。

《來自阿卡迪亞的彼端》這份功勞，身為編輯的紘也能引以為傲。

「謝謝妳，千千石……可是抱歉，我好像沒有太多時間聊下去了。」

「啊……說得也是。畢竟唯唯羽老師的作品再版了嘛。要做的事情堆積如山呢。」

千千石使勁做了個勝利姿勢。

「請你多多加油，前輩！下次我們再和若葉小姐一起舉辦慶功宴吧！」

「……嗯，說得也是。」

紘轉過視線，想對賀內也說句話。然而，賀內本人卻像是鬧彆扭似的別過了頭去。

快走吧你──賀內的側臉，流露出如此不甘心的情緒。

紘浮現出傷腦筋的微笑，前往編輯部。如同千千石所說的，該做的事情有一大堆。不但必須在推特上宣傳《來自阿卡迪亞的彼端》決定再版一事，也得聯絡若葉和七節才行。

儘管如此，紘首先要致電的對象早已確定了。

紘坐在位子上拿出手機。他的心跳快得前所未見，聲響甚至傳到腦中了。在他進行深呼吸的期間，撥號聲一聲、兩聲地響著──

『……哥哥？』

不久後，他最想傳達出這份情感的對象，她的聲音透過電話傳了過來。

終章

在平日接近末班的電車車廂內，乘客多半淨是些身穿套裝的社會人士。有些人帶著一臉倦容低頭看著手機，又有些人在和看似同事的對象互相發著牢騷。

在這輛列車當中，身穿便服又未滿二十歲的少女，恐怕就只有禮爾一個人了吧。

「今天真不好意思，還讓你陪我回家。其實原本要是能在吃晚餐的時候順便討論就好，但我有事情分不開身。」

「不要緊啦，我接著也只是要下班而已。再說，我總不能大半夜地放妳一個人在外面走吧。」

「……喔，原來你確實會擔心我呀。」

「那是當然的吧，妳是個女孩子啊。」

面對露出心情絕佳的表情拉著吊環的禮爾，紘頂著一如往常的撲克臉說：

「還有，妳這次的初稿也很棒。討論優秀的原稿，即使弄到很晚也很開心。」

「還好啦，畢竟是我霧島禮爾所寫的呀。倘若是我無法接受的原稿，就算不惜違背截稿時間，我也不會給你看的。」

「感覺妳剛剛說出了編輯難以容許的發言，不過我就當作沒聽到吧。」

「再說，唯唯羽好不容易重新振作了嘛。我可不能寫出半吊子的稿子呀。」

「……感覺妳好像很開心。照妳的個性，我原本以為唯唯羽的小說被《我想看輕小說！》選上，會讓妳感到不甘心。」

「我很不甘心呀。這不是理所當然的嗎？」

然而，和這番話相反，禮爾臉上浮現的是毅然決然的微笑。

「可是，萬一唯唯羽的作品繼續遭到埋沒下去，才會讓我更加懊惱。我會覺得『這麼了不起的小說為啥會腰斬呀』……我還是希望，唯唯羽和我們待在同一個世界。因為有一天，我必須要超越她才行。」

還真是一點都沒變呢——紘在心中露出苦笑。

《閃鋼的葛羅莉亞》在本次的原稿迎向了第九集。這可是公認的人氣系列，銷量並非唯唯羽的作品可以比擬的。

但看來禮爾仍在凝望著唯唯羽的背影。

不久後電車停了下來，紘走到月台上。

「那就再見嘍。今天一整天你也辛苦了。」

「……嗯。辛苦了，禮爾。」

紘稍稍揮了個手……不過禮爾所說的有些不對。

終章

因為紘今天的工作尚未完成。

紘穿過剪票口，走在夜晚的住宅區道路上。

他踏上公寓的階梯，在自家門前做了一次深呼吸。

一打開門，映入他眼中的是，注意到紘而從自己在看的書中抬起頭來的唯唯羽。

令人放心的日常光景，就在此處。

「歡迎回來，哥哥。」

「嗯，我回來了。」

紘進到室內，在桌前和唯唯羽相對而坐。

唯唯羽稍稍繃緊了表情，重新跪坐坐好。她的模樣生硬到都快令人發笑了。

「妳在緊張嗎？」

「……嗯。因為我是第一次寫小說的後續嘛。」

唯唯羽惶惶不安地看向紘從包包裡拿出的幾張紙。

上頭這麼寫著：

——《來自阿卡迪亞的彼端》第二集企畫書。

「……噯，哥哥。我真的可以寫小說沒關係嗎？」

「嗯，妳就抬頭挺胸寫下去吧。這便是妳的——作家的工作啊。」

紘感受到心中有某種熾熱的情緒高漲著，同時筆直凝視著唯唯羽的雙眸。

「接下來是我們真正的考驗，唯唯羽……《來自阿卡迪亞的彼端》如今毫無疑問地最受到矚目。在讀者失去興趣前，我們必須迅速地製作續刊。進度肯定會變得很嚴苛。」

然而，縱使真是如此，他們也不能放過這個親手掌握的好機會。

因為，他們這兩年來不斷拚命地打造作品——讀者總算願意回首一顧了。

「嗯，說得也是……可是呀，我覺得這次的作品一定也會順利問世的。」

傳進紘耳中的，是唯唯羽柔美的嗓音。

她的笑容就像平時那麼夢幻，不過卻滿溢著喜悅。

「因為——我的編輯是哥哥嘛。」

——於是……

輕小說作家妹妹和編輯哥哥的工作，就此開始了。

後記

大家好，我是弥生志郎。真的非常感謝各位本次選購這部作品。這次也好不容易有這個榮幸推出了新作。Yeah～吧噗吧噗～咚咚～

那麼，若要簡單說明本作，就是像「感情好到不妙透頂的兄妹倆，他們的明天將何去何從」這樣的內容，但其實我並沒有妹妹。坦白說，當學生的時候我甚至不曾想要有過。畢竟我不擅長面對異性嘛。就算是對妹妹，那時的我都會感到怕生。

只不過到了最近，很奇妙地我開始羨慕起會拿妹妹當作話題的朋友了。多半是希望受到妹妹這個存在療癒吧。

正是因為有這樣的念頭，我才會想寫寫看像本作一樣的小說。

而本書另外一個主題是輕小說。嗯，沒有小說寫起來比這本還要害臊的吧。

這是因為，我必須撰寫自己赤裸裸的作家人生中的各種細節。

我懵懵懂懂地想成為作家是在讀國中的時候，而我大概已經半輩子都和小說密不可分。初次讓別人閱讀小說的緊張感、被駁斥說一點都不好看的挫折感、毫無根據地堅信自己寫出了曠世巨作的激昂感、不確定自己能否成為作家的不安感，以及像這樣子不斷寫著小說的成

就感。這些情緒全都塞進了這本書裡頭，可說是在各位面前一絲不掛也不為過。換言之，各位現在在看的，便是名為弥生志郎的小說。可能有人會心想「這個人到底在說什麼東西」，我自己也不是很清楚。

總之能夠斷定的是，我可是鼓足了幹勁寫下這本書，希望盡可能讓更多人看到。以一名輕小說作家的身分，將本書獻給所有的創作者——由於我是個膽小鬼，所以說不出這種話。不過，我會想獻給對輕小說深愛不已的人們，還有我自己。

平時我會在最後致謝，但這次就不這麼做了。編輯大人、插畫家大人、設計師大人，以及各位讀者。我自認已經將對於這些人的所思所感寫在小說裡了。

那麼，我就寫到這兒了。倘若能夠和各位再次相見，還請務必關照。

國家圖書館出版品預行編目資料

※疼愛妹妹是編輯的第一要務。 / 弥生志郎作 ;
uncle wei譯. -- 初版. -- 臺北市 : 臺灣角川, 2018.10
面 ; 公分. -- (Kadokawa fantastic novels)
譯自 : ※妹を可愛がるのも大切なお仕事です。
ISBN 978-957-564-485-7(平裝)

861.57 107013892

Kadokawa
Fantastic
Novels

※疼愛妹妹是編輯的第一要務。

（原著名：※妹を可愛がるのも大切なお仕事です。）

2018年10月18日 初版第1刷發行

作　　者：弥生志郎
插　　畫：Hiten
譯　　者：uncle wei

發 行 人：岩崎剛人
總 經 理：楊淑媜
資深總監：許嘉鴻
總 編 輯：蔡佩芬
副 主 編：林秀儒
美術設計：胡芳銘
印　　務：李明修（主任）、黎宇凡、潘尚琪

發 行 所：台灣角川股份有限公司
地　　址：105台北市光復北路11巷44號5樓
電　　話：（02）2747-2433
傳　　真：（02）2747-2558
網　　址：http://www.kadokawa.com.tw
劃撥帳戶：台灣角川股份有限公司
劃撥帳號：19487412
法律顧問：有澤法律事務所
製　　版：尚騰印刷事業有限公司
ＩＳＢＮ：978-957-564-485-7
香港代理：香港角川有限公司
地　　址：香港新界葵涌興芳路223號
　　　　　新都會廣場第2座17樓 1701-02A室
電　　話：（852）3653-2888

Showing Love to My Little Sister is an Important Task.

Kadokawa Fantastic Novels